色难

孝顺的故事

释证严 ◎ 著

慈母像大地，严父配于天，覆载恩同等，父娘恩亦然。
欲报亲恩，应当身体力行，及时把握因缘，不要等到明天。

复旦大学出版社

图书在版编目(CIP)数据

色难:孝顺的故事/释证严著. —上海:复旦大学出版社,2012.7
(证严上人著作·静思法脉丛书)
ISBN 978-7-309-08634-8

Ⅰ.色… Ⅱ.释… Ⅲ.随笔-作品集-中国-当代 Ⅳ.I267.1

中国版本图书馆 CIP 数据核字(2009)第 128208 号

慈济全球信息网:http://www.tzuchi.org.tw/
静思书轩网址:http://www.jingsi.com.tw/
苏州静思书轩:http://www.jingsi.js.cn/

原版权所有者:静思人文志业股份有限公司授权复旦大学出版社
独家出版发行简体字版

色难:孝顺的故事
释证严 著
责任编辑/邵 丹

复旦大学出版社有限公司出版发行
上海市国权路 579 号 邮编:200433
网址:fupnet@fudanpress.com http://www.fudanpress.com
门市零售:86-21-65642857 团体订购:86-21-65118853
外埠邮购:86-21-65109143
上海华教印务有限公司

开本 890×1240 1/32 印张 6.75 字数 86 千
2012 年 7 月第 2 版第 1 次印刷

ISBN 978-7-309-08634-8/I·660
定价:23.00 元

如有印装质量问题,请向复旦大学出版社有限公司发行部调换。
版权所有 侵权必究

编辑缘起

子夏问孝,子曰:"色难。"

子夏问他的老师孔子什么是孝?孔子说:"和颜悦色最难。"孔子并未从作为细节去回答子夏,反倒以"和颜悦色"为根本解答,因为发自内心的表情,才是子女对父母最温暖的回报,虽然这个回报是父母所给予者的千万分之一,如大海中的涓滴。

过去证严上人曾解说过《佛说父母恩重难报经》,佛说父母之恩,"慈母像大地,严父配于天,覆载恩同等,父娘恩亦然",父母照料并系念子女,至死不渝。佛在世时,舟车交通极为费时,当然也没有电报、电话、电邮,一个外游或经商的儿子逾时未返,母亲往往哭瞎了眼睛、哭出血来。

父母和子女不只是一种关系,是甚深的因缘和合而成。但是随着现代化的发展,孝道淡薄了,"色难"成为社会必须重新省思的议题。

证严上人讲说孝顺、劝人行孝长久未歇,他殷殷期盼者,便是希望子女体会父母之恩,从和顺发心、和颜悦色开始,让人间的每一个家庭都是最完美的"老人院"。

本书分为四卷,从历年来证严上人讲述的众多道理和故事中深情而出,卷一"亲恩不能忘",讲述何以世间父母最亲、其恩最重。卷二"行孝不能等",说孝顺是人的本分,是感恩和学佛的源始;无常迅速,行孝于当下,不要有树欲静而风不止的悔恨。卷三"人皆我父母",则从子女和父母之因缘出发,及于六道轮回中,一切现世、累世、有缘、无缘众生,有大孝者才能有大爱,如《梵网经》所云:"一切男子是我父,一切女子是我母,我生生无不从之受生,故六道众生皆是我父母。"卷四"新二十四孝",讲的是现代让人动容的孝者，他们的孝心真纯，孝行照亮人间。

人身难得，人身从何而出？从父母而出。从"色难"的觉悟出发，从孝出发，此生，我们就当下学佛，自身也必然开始炽然光明。

——编辑小组谨志

【目　录】

编辑缘起…………001

卷一　亲恩不能忘

生养之苦…………003

无所求的付出…………008

母心似针包…………013

妈妈心菩萨心…………017

帮儿子留面子…………022

父母唯其疾之忧…………027

万般折磨的陪伴…………031

将心比心…………036

疼入心肝的爱……044

天下最傻是父母……048

卷二 行孝不能等

孝是做人本分……057

学佛以孝为先……061

如何报亲恩……065

孝而顺之……069

慈与孝的佛陀……073

来不及的悔恨……078

分秒不操心……084

从感恩开始……090

中国文化之宝……095

另一种妈妈……099

不孝如断根果实……103

卷三　人皆我父母

人生只有使用权⋯⋯109

老人是宝⋯⋯114

孝养普天下老者⋯⋯117

二十四分之一⋯⋯120

家家是老人院⋯⋯124

大爱解开链锁⋯⋯129

报恩与感恩⋯⋯132

付出大爱尽大孝⋯⋯134

回馈父母最好的礼物⋯⋯137

真正的孝子⋯⋯141

卷四　新二十四孝

一心一志的媳妇⋯⋯147

捐肝救父⋯⋯149

背着母亲去旅行⋯⋯151

互爱着彼此的所爱……154

用心和行动报答父恩……156

孝悌之门……158

照顾瘫痪母亲的小孩……160

孝的模范家庭……163

一肩扛起家庭重担……166

感恩的李居士……168

扛起家计的弱智儿……171

善解包容的阿里山少年……174

患有癫痫的孝子……177

三岁小儿懂得孝顺……180

为父亲偿还债务……183

度化婆婆入善门……185

无怨无悔的现代孝女……188

克尽孝道,不计前嫌……190

幸福的一家人……192

为妈妈走上菩萨道……195

知恩报恩的小姊妹……197

全家人以身作则……199

以生命换取父母慧命……201

圆满一个心愿……203

卷一

亲恩不能忘

慈母像大地,严父配于天,
覆载恩同等,父娘恩亦然。

生养之苦

每一次看到了小小孩,总是感觉到特别开怀,孩子心中无染,纯真明亮,令人感觉人生有希望。

然而,每个生命都是父母经过十月辛苦孕育而来的,佛说:"母胎怀子,凡经十月,甚为辛苦。"妈妈怀孕时,挺着肚子走路,到哪里都不是很方便,真的甚为辛苦。

每一年的母亲节,许多小学都会请小朋友玩一个游戏,在肚子上绑上一个西瓜走路,让孩子体会妈妈怀孕的辛劳。许多小朋友只走完一小段路,就不约而同喊着:"好重!好辛苦!"

母胎是一个奇妙的天地,它能自然形成人的五脏六腑,具足人的一切形态,但要经过十个月的等待,其中还会有许多状况发生。

有一回我在花莲慈济医院,看到一位女性同仁躺在病房里,我问:"你发生了什么事吗?"身边的人告诉我:"师父,她怀孕了。"因为胎儿不稳定,她必须卧床安胎,直到生产那一刻。

一般人,身体和心念要一致,才能平衡;拥有健康心念的人,也要有健康的工作,不浪费时间,才能身心协调。偏偏这位同仁的身体由不得她主宰,不能随意活动,实在很辛苦。

还有一位妈妈,是玉里人,由于体质特殊,身体只要一有伤口,流了血就无法凝固。她在生产时出现血崩,血流不止,当地医院无法处理,紧急将她转送花莲慈济医院,到达时,人陷入昏迷,医护人员马上为她紧急输血,血库的血全都拿出来用了,不够;赶紧呼吁我们志业体所有的同仁、老师、学生来抽血,同时联络邻近军营的军人来捐血,还是不够。最后连抢救她的医师、护士也挽袖捐输,尽最大努力要救她。

就这样三天三夜,将近两百人输血给这位产妇,医护人员日夜照顾,家属及医院志工们也轮流在加护病房外,不断为她祈祷祝福,出血情形才缓和下来,慢慢止血,真是不可思议,她的身体接受了几万毫升的鲜血,才脱离了险境。

母亲为了生养孩子,必须经历生死边缘的挣扎,而做父亲的心理压力也不轻,一直要听到母子均安的消息,惶惑不安的情绪才得以解除。

无法言诠的爱

孩子生下来,父母亲开始要负起养育之责,日日夜夜守护着孩子。孩子半夜哭了,母亲马上起床,关心孩子肚子饿或尿布湿,肚子饿马上喂奶;若是尿湿了床铺,母亲会将孩子换到干处睡觉,自己睡湿的地方。天寒时,冷衣服用火烤温了再给孩子穿;孩子肚子饿了,不论天气多冷,母亲还是袒露胸腹哺乳孩子,只希望孩子健康长大。中国人说十月怀胎,三年乳哺,从出生到孩子会自己吃饭,大约要三年的时间,期间父母无不小心呵护,想尽办法满足孩子的需求。如果孩子的健康有问题,做父母的心无论如何也放不下。

在高雄,有一位孕妇在怀孕第十八周时,移植自己五分之一的肝脏给她两岁的女儿。她的大女儿甫出生,就发现是胆道闭锁症,一直期待有机会施行肝移植,但是等了两年还等不到,而且病情在不断恶化中。在等待的这段时间,刚好妈妈又怀孕了。

爸爸和孩子的血型不合,只有妈妈的血型符合,眼看孩子奄奄一息,不移植不行,但是妈妈又怀孕了,怎么办呢?这位妈妈很勇敢,她了解唯有自己的肝可以给女儿,而且移植手术并不影响胎儿,于是坚持捐肝。医师割下她五分之一的肝,移植到女儿身上,一周后,女儿、妈妈和胎儿都平安。真是伟大的妈妈!

相信这个女儿将来长大,应该更能体会妈妈的爱;妈妈不只怀她十个月,还移植肝脏给她,真是名副其实的"心肝宝贝"。孩子现在还小,我们并不知道将来她会不会孝顺妈妈,但是我们知道,这位妈妈并不会去想未来女儿能回报她什么,她最大的回报,就是看到女儿病情改善了。这位妈妈能下床行走时,第一件事就是去看她的女儿,喂女儿吃饭,看到女儿会笑,看到女儿会吃饭,女儿身体康复了,这就是对她最大的回馈。

《无量义经》言:"出生入死,无怖畏想。"为了要救人,为了众生的苦难,菩萨生起怜悯心,出生入死无有恐怖,没有畏惧的想法,只要能救人;这位妈妈的心,就如菩萨一般。

在慈济自制的《父母恩重难报经》音乐剧里,唱道:"父母恩情密密绵绵,岁岁年年,千古不变……"这就是父母的爱,即使父母一百岁,孩子八十岁,在父母亲眼中,孩子总归是孩子。要说父母的爱,就是用干了笔与砚,再多的文字也无法形容得尽啊!

无所求的付出

生命从童稚青春到圆熟,一如日出送走日落。

人来到这堪忍世界,莫不珍惜自己的生命,然而生命成长,从幼年而少年,而青年,而中年,最后是老年,面临死亡,一切是自然的循环,我们一定要接受。

人生最难割舍的,是那一分亲情。孩子还小的时候,父母担心他们的身体健康,等到渐渐长大,开始为孩子的教育用心计较;从学校毕业了,就关心他的事业与婚姻,无时无刻不牵挂。

如此一代传一代,亲子之情那样地密切,即使生命已到了尽头,大多数的人还是抱持着希望,希望能看到孩子成家立业。像是一位在大林慈济医院心莲病房(按:癌末安宁病房)的老先生,他的期待就是能看到儿子完成终身大事。

他的儿子也顺从父亲的愿望,决定在医院里举行订婚典礼。看到这对新人,很尽孝地跪在爸爸的面前,恭敬地端茶给爸爸,爸爸也用仅余的力气祝福着他们。尽管在生命的末端,老先生看到儿子有对象,而且戴上了订婚戒指,他已经安了一大半的心,露出了笑容。

被火文身的母亲

有一位年轻的企业家,在他很小的时候,父亲就往生了。家庭非常贫困,母亲帮人做成衣,别人工作八小时,她一天工作十六小时,累得人消瘦又憔悴,她的心中只有孩子,没有自己。

后来,很不幸发生了一场火灾,这位母亲为了救她的孩子,不管火烧得正猛烈,硬闯进火场里,用自己的身体保护孩子,保护得毫发无伤,而自己却全身遭火灼伤,生命虽然保住了,却面目全非。

不过她还是很勇敢,为了年幼的孩子,她不只是要活下去，还要更认真地赚钱，让孩子可以读书，安稳地长大。

终于，这个孩子没有辜负母亲的期望，从小学、中学、高中到大学，一路都很顺利，完成了他的学业。然后在社会上工作，老板看他很认真也很能干，所以从小职员慢慢提升他为课长到总经理，在某大公司担任总经理，管理好几百名员工。

这位总经理常常需要和国外的客户交际应酬，但是他有一项隐私，就是不让别人知道他有一位面孔很难看的母亲。他和母亲同住，母亲却如同他的佣人一般。但是母亲不以为意，只要儿子的朋友来，她就烹煮一桌好菜让儿子请客，从不让儿子失面子。

客人总是问："谁煮的这一桌好菜？"这位总经理就回答："家里的欧巴桑手艺很好。"当母亲端菜出来时，他会介绍："这就是我们家的欧巴桑，因为她的家境很不好，所以我将她带来这里照顾。"

母亲总是默默地待在厨房，偶尔进到客厅里，儿子就会抱怨:"你为什么要出来呢?待会儿就有朋友要来了,你赶快进去。"母亲表面上任劳任怨,其实内心还是有无限的悲哀。

一切已经来不及

有一天,母亲生病了,病得非常重,她请儿子来到床前,想跟儿子说些话。她说:"儿子啊!我知道我让你很没面子,没能让你有个很体面的母亲给人看,我太丑了!但是你知道吗?为什么我的脸会这么难看?"她描述了当年火场中的情景。

最后她说:"那时我拼了命要保护你,一根头发都不让火烧着你。我很高兴终于保护你毫发无伤,只怨恨这场无情的大火烧毁了我的脸,让你没有个体面的母亲跟人见面。"儿子听了震惊不已,但是一切已来不及……

《父母恩重难报经》有云:"父母恩情重,恩深报实难,子苦愿代受,儿劳母不安。"父母亲除了为养育子女辛勤工作,如果子女有了病痛,宁愿代替儿女受苦;懂事的儿女能为父母分忧,父母仍是怕孩子太过劳累。父母对孩子如此无所求的付出,实在令人感动。

许多父母亲到了人生最后的时刻,心中关怀的还是儿女。那么作为子女的,难道要等到那时才跪在面前表达对父母的爱吗?不如,行孝就从当下开始。

母心似针包

人一旦离开母胎之后,受到后天环境影响,很容易造业,做出令人遗憾的事,而后天环境的好坏与我们所处的社会气氛有重要的关联。现在的社会已经和过去不同,过去的社会讲究友谊、珍惜亲情,不论是同宗或世交,大家的情谊都非常亲密,虽然各自在外努力谋生,但亲族之间每年都会固定聚会。现在,因为社会形态变成了小家庭,这种亲族之间的礼节慢慢不受到重视,年轻人也不受礼节的规范,如果有人管他,他会说:"只要我喜欢,有什么不可以。"

父母因孩子而快乐或担忧,孩子若认真读书,父母即开心;反之,孩子的生活方向若有偏差,行为错误,父母即为之烦恼。"父母爱子长流水",每一天,父母的心都放在孩子身上,一刻不分离。然而这样的爱,并非全然是对的,我们常说现在青少年问题很多,这些问题是如何造成的?因为父母过于宠爱,让孩子在物质方面不断往上比,稍微不如人,就反弹、埋怨、恨父母,他们不明白亲恩浩荡、不了解父母的心,于是亲子之间在不了解中,做出一些令人伤心的事情。

就像有一位年轻人,吃喝玩乐、赌博、吸毒样样来,时常伸手向妈妈要钱。妈妈不懂得如何教导孩子,所以让孩子变成不感恩、不孝。有一天,他又向妈妈拿钱,妈妈没钱供给他,他就往妈妈背后砍了十几刀,刀刀见骨。想想这位妈妈身体受伤还在其次,最重要是心灵创伤。身体受伤能由医师治好,但心灵创伤由谁来疗治呢?

当她接受治疗后能说话时,我到医院探望她,我问她:"恨不恨儿子?有没有埋怨?"她说:"不埋怨、也不恨儿子。"这就是天下父母心啊!妈妈的心似针包,针拿起来缝衣服,缝完后就插到针包里面;儿子好比那一根针,这根针插到了妈妈的心。这位妈妈被孩子伤得这么重,一只手截肢了,可是她竟说不恨儿子。我从她的眼神中,看到一种心中有话无法表达的复杂神情,令人心疼不已。

我猜想她一定是关心儿子,因为儿子肇事后行踪不明,不知道躲在哪里,她担心儿子是否平安,人在哪里……我想她心灵上最期待的,还是儿子的出现,到病床边探望。这就是母爱。

过多的爱泛滥成灾

你是否曾经做过"针",刺伤妈妈的心呢?妈妈的心很脆弱,并非不会疼,而是因为包容。只要送她甜甜的几句话,"妈妈,对不起!我真的爱您!我真的感恩您!"她很快就满足,因为妈妈要求的不多。

父母对于孩子的爱毋庸置疑,然而过多的爱会泛滥成灾,父母在爱中也要有教养的责任。如果子女犯错,难免要处罚,但身行教育比打骂教育更有用,父母要教导孩子尊师重道,了解传统优良的道德观念,让孩子在成长中认知正确的方向,明辨是非善恶。若能从小建立正确的思想和教育,亲子之间也不致有悔恨的事情发生。

人谓"寒门出孝子",贫穷家的孩子能体会生活困难、父母辛苦,懂得感恩父母。懂得感恩的孩子就会有孝顺的心,有这分孝顺的心,不敢让父母操心,事事为父母着想、也会为家庭着想,所以事事有规律、自爱、力争上游。生活在现代富裕社会下的孩子们,除了要感恩这份衣食无虞的福报外,更要体会父母养育的辛劳以及他们无悔无私的爱。

妈妈心菩萨心

在一个社会中,有富裕丰足的家庭,也有黑暗悲伤的角落,尽管生活环境不同,但慈母的心都是一样的。所谓"但令孩儿饱,慈母不辞饥",只要子女能够温饱,做母亲的自己饿肚子都没有关系。

十多年前,慈济有一个个案是全家三口,父亲中风、女儿车祸,成了半个植物人、妈妈要赚钱养家,家庭景况堪怜。最初,每天早上听到志工讲这个故事,我听了心好痛,生命怎么这么折腾人呢?

因车祸成了半植物人的女孩并不是没有知觉,她全身都会痛,好像身处炼狱之中。志工每次去看她,她虽然面露笑容,但是知道自己的真实状况,一旁的母亲总是眼眶含着泪,看到孩子身体的疼痛,她的心都碎了。做母亲的常说,要是能代替孩子的痛,不知道有多好!这位妈妈除了在医院照顾女儿,每天还要出门工作,一刻不得闲。

还有一位三十出头的年轻人,他在十几岁时发生一场车祸,脑部严重损伤,虽然命救回来了,但是智力完全丧失,无法坐起来,也不能和父母谈心说话,整天都是躺着,光会吃,会傻笑。然而,父母亲已照顾他十多年,只要他能露出笑容,父母亲就满足了。

亲恩光辉闪亮,无论生活在如何困顿的环境,依然不忘作为父母的责任。

动物也是一样,像企鹅,这种陆海两栖动物要抚养小企鹅非常辛苦。企鹅妈妈产下小企鹅蛋,下蛋后,企鹅爸爸负责把蛋放在肚腹间脂肪最多的地方,用体温孵化小企鹅。企鹅爸爸如老僧入定,一孵就要六十天,不眠不休照顾着蛋,否则蛋一旦冻坏了,就孵不出小企鹅。

等小企鹅破壳而出后,企鹅爸爸和妈妈会将小企鹅移到比较温暖的地方,由企鹅爸爸负责到水里摄取食物,把肚子都装满了,再回来将肚子里的东西吐出来给小企鹅吃。企鹅爸爸外出时,就由企鹅妈妈负起照顾的责任。

整个宇宙大自然是个奇妙的世界,充满生命的启示。除了企鹅,其他鸟儿孕育下一代的过程也很有意思,鸟儿会先在树丛中找到最安稳的地方,不惜辛苦,慢慢的在树上筑出一个窝,然后鸟夫妻准备好迎接它们的小宝宝。期间,孵蛋、来回觅食、口对口的喂养,亲鸟为子鸟遮风蔽雨,孩子长大了还教它们学飞……抚育生命的过程实在很用心。每当看到亲鸟哺育幼鸟的影片,总觉得很感动。

用爱开启一扇窗

"为母则强",不论动物或是人类,母亲的坚毅刚强都源于对孩子的爱。每一位妈妈的心也都像菩萨的心,能将她的心扩大到无限,宽容地面对孩子身体或心理上的疾病;看到孩子的痛苦,父母亲肝肠寸断,但还是坚强地陪伴着孩子。

大爱电视台曾报导过一位杨妈妈,她的孩子出生时很健康,长得又清秀。直到国小五年级,这个孩子发病了,原来是肌肉萎缩症,病况迅速地恶化。这位杨妈妈不放弃,一路陪伴孩子,让孩子上完国中,还陪伴孩子读完高中。期间,孩子的病每况愈下,身体的功能一直退化,从脚不能行,慢慢地手也僵化无力,一直到全身的肌肉功能都失调了。可是杨妈妈还是那样的陪伴,那样的爱!

　　慢慢的,孩子身体的功能不断消失,能自己呼吸的时间也愈来愈短,要倚靠呼吸器辅助。但是二十多年的时间,杨妈妈的双手从来不曾离开过孩子,每天杨妈妈抱着孩子上楼、下楼,每个晚上,还要醒来十几次察看孩子有无状况,总是怕孩子在她一个不留意下就"走掉了"!

　　中国大陆也有一位妈妈生下三个盲眼小孩的故事。因为家庭贫穷,她的先生看到三个这样的孩子,感觉人生没有希望,因此遗弃他们。但是当妈妈的,绝对不放弃孩子,她一肩扛起抚养孩子的责任。

慈济到当地进行冬令发放时，看到了这位坚强的妈妈，还有三个眼盲的孩子。每个孩子都很乐观、不埋怨，他们都有音乐天分，目前正学习一技之长，希望将来能自立自强，还有能力去帮助别人。

这就是母爱，唯有母爱，才有这样的耐心、这样的爱心，能不断地陪伴孩子，为孩子开启一扇窗，并且让每个孩子发挥本具的潜能。佛陀曾说，大地众生都有与佛陀一样的智慧，同等清净的爱心，同等的智慧，这是人人生而本有的潜能，只是需要"爱"来开启它。

帮儿子留面子

一个"孝"字说来简单,做来却很困难。孔子在世时,他的弟子子夏问孝,子曰:"色难。有事,弟子服其劳;有酒食,先生馔,曾是以为孝乎?"事奉父母,要做到和颜悦色是最困难的,假使只是家事由子弟来操劳;有饭食让父母先用,这样就算是尽孝道了吗?

人生下来原本是善良而纯真的,入社会后受外在的影响和内心的贪欲所驱使,那份纯真一扫而空。就像很多年轻学子都知道父母为了让他们能顺利完成学业,非常辛苦地工作,但是要这些孩子在父母面前表达感恩,说"爸妈我爱您"似乎很困难,有时候受到同侪的影响,和别人做物质生活的比较,对父母的态度就更不好了。

曾有一位已经上了年纪的盲眼太太,形容憔悴、服装不整地来见我,一见到我就哭。我问她为什么哭?她说:"师父,我很早就想来看您,但是我看不见,又没人带我,所以一直无法如愿。"她找得千辛万苦,早上从台南出发,一路问到花莲,终于到精舍来找我。

我伸手在她面前晃动,问她:"你一点都看不到吗?"她说:"只看到模糊的影子。"我问她为何不辞千里来找我,她说她很痛苦,想把心事说给我听,但是看到我身边有许多人,她一直左顾右盼,显得神经紧绷。我小心地安抚她:"不要紧张,这些都是慈济人。"

她拿出两张照片,一张是她儿子的照片,一张是她自己的照片,她说:"师父,您看我儿子长得英不英俊?"我一看真的很英俊,而她自己年轻时的照片看起来也是个美人,她感叹地说:"英俊有什么用?美能长久吗?"她说她家以前很富裕,后来先生为人作保被人拖累,从此事业一落千丈无法恢复,这一二十年来生活都过得很辛苦。

尽管如此,她还是让儿子受很高的教育,夫妻俩都将希望寄托在儿子身上，儿子也很上进，在台北一所很好的大学念书。两年前他还很孝顺，看到父母烦恼，还会跪在父母面前轻声细语地安慰，他们都认为儿子将来一定会很成功。

不料，读到大学四年级时，儿子性情丕变，为什么呢？原来是外面有女朋友，女朋友曾到他家，之后常常抱怨："你母亲那么丑，家里又那么穷，别人都有进口轿车，你连摩托车也没有。"这使得儿子心里感觉不平衡，把全部的过失都归咎于父母亲，回家后态度变得很坏，后来干脆不回家。

中秋节到了，这位盲眼太太买了一盒月饼到学校探望儿子，到了宿舍，有人问她："你要找谁？"她说明来意后，对方进门叫唤。儿子听到妈妈来了，非常生气，因为他知道妈妈总是穿着邋遢。一见到妈妈，他没好气地说："你为什么要来这里丢我的脸？"盲眼太太说："我送月饼给你吃啊！"儿子说："不稀罕，你赶快回去吧！"母亲如此想念儿子，儿子却一点也不领受。

不要说出儿子的名字

半年后他儿子生病了,被送到慈济医院来,这位年轻人对我们的志工说:"我家里很贫困,父母亲身体又不好,请不要通知家人。"直到一位慈济会员告诉这位盲眼太太,她才从老远的地方赶到医院探望儿子。但当儿子见到妈妈时,他却面有难色地说:"我就是不让你们知道,你怎么又来呢?快点出去,趁现在人还不多快出去,免得丢我的脸。"母亲在病房内伤心地流泪,最后还是被儿子请出病房。这位盲眼太太因为心中放不下住院的儿子,不忍心离开,就在病房外守着,每次有志工进出时,她就问:"里面那位年轻人有没有好一点?"听到志工说很好,她才比较安心。儿子对待妈妈是如此无情,这位妈妈却无怨地在门外守候,两相对照的情景,令人不胜唏嘘。

我终于明白这位盲眼太太和我谈话时,为何始终瞻前顾后了。她一再说:"师父!请您千万不要说出我儿子的名字。如果让人知道，以后毕业没人雇用他，那就糟了，请师父要帮我给他留面子。"

她的儿子已令母亲伤透了心，母亲还是处处为他着想。她说她和先生俩很痛苦，几天前她的先生还说："我们干脆买一瓶农药喝下去算了。"她劝先生："我们再苦也要忍耐，如果喝了农药，儿子的面子要放在哪里，难道你要让儿子将来被人骂吗？"天下慈母心就是这般。尽管儿子总是以不好的声色对待，这位盲眼太太对孩子的爱仍如长流水，还是每个月供应儿子生活费，儿子却不体谅父母赚钱有多么辛苦。

有人说："我很孝顺，只是声色不太好而已。"为人子女应多多反省，声色不好会让父母伤心，伤害父母更重。现在社会谈"知识"，少说"智慧"，智慧是追求道德、良知；知识、学识讲究的是追名逐利，导致人们忘了根本。做人的根本就是孝道，不懂得孝顺的人，究竟如何在社会上立足呢？

父母唯其疾之忧

妈妈怀孕的时候,孩子的脐带和妈妈是有形的联系,孩子出生后,母亲的一颗心犹如无形的脐带,永远都不会断掉。除了担心孩子身体不健康,更担心孩子心灵不健康,害怕孩子的观念偏差,行为错误。

所以当孔子的弟子请问孔子,如何尽孝?孔子曰:"父母唯其疾之忧。"让父母操心好像在割父母心上的肉一样,保护好自己的身体和心理,不让父母操心烦恼,才是尽孝。

我看到一则新闻,实在让人很心痛。美国佛罗里达州,有一位中学生,才十三岁,在学校里很调皮,对人丢水球,学校劝他,他不听,被老师请出校门。没想到,他回家之后,带了一把手枪,在放学之前回到学校,当着很多同学面前,拿出手枪打死老师。这一枪也等于打碎了父母的心。

为什么除了保护好自己的身体,健康的心理也很重要?因为人生道上难免会碰到挫折,保持健康的心理才能经得起考验,保存慧命,突破人生的难关。在台湾,就曾发生心态不平衡所造成的家庭悲剧。一位住在基隆的老爸爸,已经七十几岁了还在上班,他有三个儿子,一位在美国留学,得到博士学位。另两位,一位在台湾小有成就,另一位则是开计程车。

这位开计程车的大儿子,有一天突然回家责备他的爸爸,怪爸爸从小没有用心爱他,给他爱的教育;没有好好栽培他,害他学历低,无法在社会上和人平起平坐。他还对父亲说:"你不必去上班,因为你去上班,外面的人都责备我不孝,让老父亲出去上班赚钱。"

父亲说:"我的身体还健康,我还可以工作,胜过倚赖别人。"又说:"不是我不好好的栽培你,是你自己不肯认真读书,你弟弟可以读到博士是他的努力,而你是自己不肯好好读书。"只是这样回他几句,他竟然转身跑出去,买了一把切生鱼片的刀,回到家,一声不响的,往他父亲的肚子插进去。杀了父亲之后,他自己拿着刀跑到警局投案。等到救护车将父亲送到医院,已因内出血过多不治。

只为了父亲出外工作,让他没面子,怕别人说他不孝;为了弟弟能读到博士,自己却在开计程车而责怪父亲,就做出这种逆伦的事情,难道不是心理出了问题吗?

"一了百了"等于"没完没了"

佛教徒说"业力",过去生中结的是什么缘、造的是什么业,今生已经带来,要勇敢承担结果,如果今生逃避,还有来生未完的果报。有些人想逃避生活上的问题,选择"一了百了",其实"一了百了"等于是"没完没了"。现在自杀率年年升高,年龄一直往下降。有一个小学女生,只是和弟弟计较,妈妈念她几句,她就上吊自杀。还有一位大学尚未毕业的年轻人杀死了中风的父亲,他说父亲中风病苦、很折腾,他不忍父亲受病苦,所以杀死父亲。

无论杀父或是自杀,都是非常错误的。人生走不下去,一点点的难关过不去,随即走上极端,自杀虽是对自己身体的伤害,其实也是伤害父母。因为自杀也是杀人,是不孝的罪,我们的身体是父母的精血所成,损伤父母给予的身体就是不孝。

古代哲人曾子,只剩人生最后一口气时,他对弟子们说:"来,帮我掀开棉被查看我的身体,有没有哪里受伤?"弟子帮他查看后,告诉他:"没有,您全身完肤,没有一处伤痕。"曾子才说:"这样我安心了,父母给我的身体,这辈子我把它保护得很好,没有受到伤害,我的孝道齐全了。"这是儒家的思想,孝顺父母,不只是行为孝顺而已,连自己的身体也要照顾好。

以佛教而言,"奉献无私大爱,守戒利他为大孝",要报答父母恩,不只身体要照顾好,行为更要照顾好。如果一个人发菩萨心,行在菩萨道中,为人群付出,这就是报父母恩。

万般折磨的陪伴

每个人都是带业来到世间，凭借着过去生中的业识而来跟随今生的父母，与父母有善缘，也有恶缘。设若与父母结的是恶缘，那么彼此冲突的情况往往会造成心碎的悲剧。

从新闻报导里，得知一个男孩和一对双胞胎的母亲，因为将吸食强力胶*的大儿子锁在铁笼里，导致孩子引火自焚。这个悲剧里的母亲无奈、心痛，怎么也唤不回健康的孩子。

她的三个孩子出生时身体都非常健康，不幸的是，大儿子却在国中时期开始吸食强力胶，耽溺于迷茫的世界。他

---

* 吸食强力胶及其他有机溶剂不同于吸毒，但可以和吸毒一样产生飘飘欲仙感。强力胶含有很多有毒物质，吸它比吸毒更危险。——编者注

本来身体很健壮,自从吸强力胶之后,身体就一直消瘦下去,精神也愈来愈异常。母亲曾送他去勒戒所治疗和戒毒,但是都没有成功。最后想将他送到医院,无奈医院却拒收;送到勒戒所,勒戒所也拒绝往来,连警察也很无奈。

大儿子吸胶之后就会发狂,会打人、杀人,闹得全家、甚至全村的人都很害怕。有一回妈妈和他商量:"你既然吸了强力胶就要打人、杀人,我是不是去做一个铁笼子,当你忍不住要吸食时,就自己到铁笼子里,才不会发作了又要杀人、打人?"儿子没吸强力胶时还很平静,他答应妈妈这么做。

铁笼子做好之后,他的毒瘾又发作了,不分青红皂白地抓起妈妈的头发,把妈妈压在地上,向妈妈要钱。这位妈妈很无奈地拿出两百元,他拿了钱马上去买了强力胶,边走边吸。回家后,他妈妈很无奈地说:"你既然要吸,到铁笼子里吸吧!"儿子进去后,妈妈就把笼子的门锁住。那天夜里,妈妈听到儿子大吼大叫的声音,赶紧上前探望。看到吸了强力胶后的儿子吵闹着要人放他出去,他要洗三温暖*,如果不放他出去,他要杀人!妈妈很害怕,躲进房里,天亮后再去看儿子,不料儿子已经点火自焚往生了。

这位妈妈向警察说明原由,警察做好笔录,真不知要如何起诉。记者访问这位妈妈,她泪流满面地说:"因为他父亲早死,我没办法全心地教育他。每次他吸强力胶时,弟弟、妹妹都吓得躲在房间,不敢出来。看他在闹事,不只我会怕,连全村的人都很害怕,我已经走投无路,我要怎么办?我是经过儿子的同意才做了铁笼子,怎知道会发生这种事?"

这位青年意志不坚,因此无法戒掉恶习。有时他也想戒,但都只是短暂的时间,一出勒戒所又再度吸食强力胶,来来回回已经十几次了。如果他能立志改掉恶习,大好人生就在眼前,也不会迷失了十几年,在吸食强力胶和发狂的

---

* 三温暖:即桑拿浴。——编者注

煎熬中度过人生。我们可以想见,这位妈妈要面对一位时时可能殴打她的儿子,那种操心痛苦,实在是对身心万般的折磨,非常无奈。

唯有造福,得以转业缘

还有一个个案发生在花莲,是儿子杀母亲,这位母亲后来被送到花莲慈济医院就诊。这位妈妈有一儿一女,女儿嫁人了,剩下唯一的独子,她爱得无微不至,儿子要什么,就给什么,孰料,这个孩子从小到大都不学好。

成年后,他弃家不顾,游手好闲,爱喝酒、赌博、吸毒,每次赌输了就去喝酒,回家就向妈妈要钱,妈妈不给钱,他就拳头相向。妈妈对儿子无可奈何,很后悔小时候没有好好教育他。

有一天半夜,儿子在外面喝酒,赌输了钱回来,向妈妈要钱,妈妈不肯给他。这时,刚好他毒瘾发作,就从妈妈的背后砍了十几刀,刀刀见骨。妈妈的生命危在旦夕,儿子被关进监牢。

这是不是很无奈呢？在这个家庭里，妈妈也付出了她的爱，但是却爱偏了，没有好好以智慧教育。

孩子生下来，与父母已结下不解之缘，虽说彼此的善缘、恶缘不定，但缘是可以改变的，唯有造福，才得以转业缘。为人父母的责任很大，要教育孩子必须先有一个健康的家庭，这个健康家庭的首要条件是和睦相处的夫妻，先生和太太对家庭都要尽责，贤夫良妇，才能成就幸福的家庭。

将心比心

孝道是做人的根本,人生一切从家庭出发。过去社会讲求女人三从四德,嫁到夫家必须孝敬公婆、顺从丈夫,终其一生守护家庭。如今,社会、家庭形态有所更迭,讲求男女平等,离婚率却大大提高了。

其实,结婚是互换父母,做公婆的多一个女儿,做岳父、岳母的多了一个儿子。将心比心,先生的父母就是太太的父母,太太的父母也是先生的父母,对于夫妻来说,两边都是自己的父母,夫妻要用同样的心来感恩、孝顺双方的父母。

曾经有个媳妇到精舍向我诉苦,抱怨婆婆看到她就不高兴,她看到婆婆也有气。我问她:"对先生感觉如何?"她说:"我的先生实在很好,打着灯笼也找不到的了!"我说:

"婆婆为你生了一个这么好的丈夫,难道你不感恩婆婆吗?"这个媳妇如梦初醒,知道自己的幸福原来是婆婆给予的,从此懂得以和顺态度照顾婆婆,婆媳相处融洽。

结婚是人生另一阶段的开始,但不能因此忘却父母的恩情。有一位中年人担心自己的弟弟自杀,带着弟弟到花莲,希望我能开导他。这位中年人说:"师父,我弟弟很想不开,因为他太太患有严重的红斑性狼疮,他说如果太太的病治不好,他也要跟着自杀。爸爸、妈妈听了很担心,对于弟弟有这种念头,妈妈伤心得整天以泪洗面。"

这个家庭原本只有一个病人,现在却多了三个有心病的人。我劝勉那位想不开的年轻人:"人生的目的不是只为一个人而活!"我问他:"你跟着父母几十年了?"他低下头来,我再问:"你跟太太结婚几年?"他答:"八年。"我说:"你跟太太才八年的感情,她生病你就想死!父母亲和你有三十多年的亲情,他们从小把你养大,照顾你、疼爱你,你一有病痛,父母就肝肠寸断,而你却忽视这三十多年的恩情?"

看他抬起头来,似乎有点领悟,我说:"人有病痛是难免的,既然得了病,你要尽你做丈夫的责任,再来就是听天命了。现在的医学这么发达,你应该尽力为她治疗,如果她的业缘如此,也要为她祝福。而你更应该让父母放心,万万不可轻易将几十年的亲情断送掉,忘记父母的恩情,那是不对的。"

道理要"用心听"

有些人成家立业之后,虽然有了钱财、名望与地位,但只是一心顾念妻儿,对于父母亲所交代的话,很快就忘记了,甚至不顾及父母的生活。

在佛陀的时代,佛陀曾经以一支拐杖,让七个儿子、七个媳妇了解什么是孝道——

一天佛陀出去托钵时,在路上碰到一位很年迈的婆罗门教徒,他的背已经驼了,拄着一根拐杖,还捧着一个碗,走起路来很吃力。他弯着腰、拱着背,拐杖向前撑一步,他才能走一步。

佛陀看在眼里,怜悯在心,加紧脚步上前去扶着老人:"老人家呀!你走路那么不方便,为什么要出来讨饭呢?难道没有孩子照顾你吗?"老人回答:"有啊!我有七个儿子,但是都娶妻成家了,他们有妻子要照顾,有孩子要养育,所以无法容纳我,把我赶出来。"说着,他抬头一看,认出是佛陀,赶紧跪下说:"佛陀呀!您救救我,我到底要用什么道理,才能感化教育我的儿子呢?"

佛陀很慈祥地说:"道理要'用心听',才能启发他的良心呀!"老人说:"那要启发我的儿子、教育他们就难了,因为他们现在心中,只有自己的妻儿,没有多余的时间听道理。"

佛陀说:"只要你用心,仍然可以。"老人问:"我要如何用心呢?"佛说:"你什么都不要想,只要记得将你手中的拐杖用心拿好,走路时用心走稳;你要用最虔诚的心去感恩这根拐杖,因为它帮助你走路。若有恶狗跑来,你可以用拐杖赶走它,保护自己;涉水时可以用拐杖去探深浅,以策安全。

它助你走出一条平坦的路,不会踢到石头而跌倒,这一切,你都要用心感恩它。如果你的意念言语都很用心,就能感化你的儿子。"

老人心想,这的确是真的:"这个时候我还能靠谁呢?我只能倚靠这根拐杖而已,这根拐杖给我的帮助最大,我应该感恩!"从此,老人拳拳服膺佛陀所说的话,每一天都感念着拐杖的恩情。有时他脱口而出,边走路边念道:"感恩!感恩拐杖帮助我走路,感恩拐杖让我探测水的深浅,感恩拐杖保护我的身体。"他不断不断地感恩,心想口念均是——感恩。

七个儿子不如一根拐杖

老人的七个儿子,在平时的生活中,唯有妻子、儿女是他们最爱的。有一天他们听人说,城里有一位佛陀能够赐福给世人,若求佛赐福,人人都可得到最大的福报。这七个兄弟就相邀一起去求佛赐福,甚至连妻儿都带去了。到达王舍城耆阇崛山时,佛陀正在为大众开示。

那一天,老婆罗门也拿着拐杖,捧着碗出来乞讨。现在,他所有的烦恼都去除了,心里只有感恩,所以边走还是边念着感恩,感恩他的拐杖。

有人路过,看到老人那么慈祥又满口的感恩,于是问他:"老人家呀!您的心那么知足、感恩,您一定是位有福的人,您可知道佛陀在王舍城耆阇崛山说法,您想不想去看看佛,让佛为您祝福?"老人听了满心欢喜,他说:"啊!非常感恩佛陀,佛曾在路途中对我开示,所以我现在过得很欢喜,心灵很自在。不知如何才能再见到佛,再闻佛陀的开示。"这位过路的好心人就说:"我正要去礼佛闻法,我们可以一起去!"老人就随着好心的过路人去了耆阇崛山。

那时,佛陀已经开始说法,老人从远处慢慢地走来了,边走还是边念着:"感恩!感恩拐杖帮助我!"一直走到佛前,佛陀看到他就说:"你来了!老婆罗门呀!看你这么欢喜,你到底如何感恩呢?你来这里再多念几次吧!"

当时有很多人听闻佛法,老人不知他的儿子们也在场,他面露笑容、满面风光,一点都没有烦恼地说:"我很感恩这根拐杖,它伴我走路、伴我生活,帮助我度过危险的路,让我渡水时知道深浅;若有恶狗,还可以用它保护我,把狗赶走。所以我感恩手中的这根拐杖。"

佛陀听了很欢喜,用眼睛扫视他的七个儿子和七个媳妇,佛陀语重心长地说:"对呀!对呀!人生最重要的就是要有感恩心,一根拐杖就可以帮助你生活、可以让你那么欢喜地过日子,所以,你应该感恩……世间有很多人不如一根拐杖,不知孝敬父母,将来的因果,一样会受到儿子的折磨,还要堕入地狱,像这样的人生就是欠缺感恩心!若能孝养父母,才是有大福之人。"七个儿子、媳妇看着自己的老父亲,又听到佛陀的说法,实在惭愧得无地自容。

他们的良知即刻被启发了,七个儿子同时站起来,媳妇也跟着一起来到佛陀的面前顶礼,感恩佛陀,然后转过身到老父亲身边扶着他说:"我们很惭愧!很忏悔!从今天开始要请父亲回家,一定要奉养您!"这时七个儿子都争着要迎请父亲回家孝敬。

这就是佛陀的用心,启发众生的感恩心,知道如何克尽孝道。

疼入心肝的爱

有一年的除夕,我到慈济医院探望那些住院无法回家过年的患者。依序关怀了每间病房,里面大多数是老人,但是很多老人应该可以请假回家,他们的子女却没有接他们回去。医护人员告诉我,因为年轻人没有时间,只好把老人留在医院。听到这句话,感觉心很痛。

同时间,我看到一位老人身边有个中年人,搂着他,扶持着他。我问那位中年人:"阿公是你什么人?""我爸爸!"我称赞他很孝顺,他回应:"爸爸只有一个而已,怎么能不孝顺?小时候,爸爸将我扛在肩头上,现在我只是搂着他,就说我孝顺,这太过奖了。"

听了这些话,总算感到一股温馨,现在还有多少人会说:"爸爸只有一个而已。"有多少人能记得小时候爸爸将他扛在肩头上呢？看到这种懂得孝道的人，我想他应该也是一个心中充满大爱的人。从一个人是否孝顺，可以看出人的天伦本性，人说养儿防老，年纪大了，孩子能守在身边孝顺的，又有多少人呢？

探视完成人病房后，我走到小儿科病房。在小儿科病房，看到父母亲都守在孩子病床边。我问："今天过年，你们怎么有时间在这里和孩子做伴？"这些父母都说："过年一天就过去了，孩子才一个而已，所以过年不重要，照顾孩子比较重要。"你看，一个小孩子生病要动员父母亲在旁守候，父母都觉得过年不重要，全心全意照顾着孩子。

长大成人的孩子在哪里？

行至婴儿加护病房，看到很多早产儿，生下来体重才六七百克而已，全身黑黑的，皮肤很皱，就像小猫刚生下来的样子，躺在保温箱里，全身插满细细小小的管子。比较特别的是，有一个孩子已经八九岁了，睡在婴儿室的小床上，这个孩子一生下来就畸形,手脚卷曲,因为突发高烧住院。医师和护士都说:"这孩子的父母很用心照顾,为了要照顾他,不敢再生第二个孩子。"

这使我想起一位贫困家庭中的妇女,她育有一女,为了再生一个儿子,宁愿忍受怀孕的痛苦。不料怀孕过程中,发现罹患肝癌。医师建议她立即接受治疗,但要治疗,孩子就保不住,因为药物、电疗等等都会伤害胎儿,因此医师建议她先放弃孩子。

但是这位妇女说:"不可以,我希望肚子里的孩子好好长大。"她宁可忍受病痛,冒着生命危险,都要保留肚中的孩子。看她在病痛中挣扎,与死神搏斗,有时候医师想帮她打止痛针或施以止痛剂,她都说:"不行,我要保护孩子。"这样,经常痛得她眉头紧皱,不过只要说起儿子,她的嘴角就笑了,那种悲喜交集的表情,感动了很多医院里的志工。

医院中的老人、小孩子和妇人,这真是鲜明的对照。父母的爱心真诚,孩子生病了,年节也不想过了,但父母亲生病了,长大成人的孩子在哪里？是否像小时候父母对待我们一样,在身旁悉心照顾？父母疼惜孩子,是疼入心肝的爱,但是有多少孩子能体会父母的恩情？

天下最傻是父母

天下父母对孩子所求不多,从小,再怎么顽皮的孩子,只要轻轻对父母一笑,父母马上奉献出所有的心力照顾孩子。孩子求学稍微不认真,或是行为略有偏差,当父母的就随着孩子烦恼不已。

有一次慈济委员陪着一位妈妈来到我的面前,这位妈妈跪着哭得凄惨,我想:是怎么回事?她一直说不出话来,委员只好代替她说:"师父,请您赶快开导她,她一直想要自杀,一直想死。"

"什么事啊?"

"忧郁症。"

"为什么会有忧郁症,一定有原因,为什么呢?"

"为了孩子。"

"孩子几岁了?"

"二十六岁。"

"已经是大人了,为什么让你操心成这样子?"

"孩子找不到好的工作。"

为了二十六岁的孩子找不到工作想去自杀,为什么有这么傻的母亲?小时候你好好地拉拔他,抚养他,现在已经二十六岁年纪不小,还要操心成这样子,真使我感叹天下父母心!所谓人生百态、千态、万态,我想都在父母的心态,一天到晚随着孩子起伏不定。

每一个妈妈都一样,只是有的妈妈很幸运,孩子身体心理均健康,长大成人就无须担忧。但是也有一些妈妈,她们的孩子虽然身体健康,但是心理非常脆弱,经不起社会的诱惑,血气方刚、行动偏差,这样的父母承受的,是心灵上的折磨。

不离不弃的亲恩

还有一种是孩子身体残疾,必须陪着他走过人生路,到老来还是牵挂着孩子的妈妈。一位三十出头的年轻人,十几岁时发生一场车祸,导致脑部严重损伤,虽然命救回来了,但是他的智商完全丧失,整天卧床,也无法和父母互动说话,只是会吃、会傻笑。父母亲照顾他十几年了,辛苦自不在话下,但是只要他还能傻笑,父母亲就心满意足。

慈济环保站有一位阿嬷,每天带着孙子到环保站当志工,这个孙子虽然已经二十几岁,但他的智能还不到三岁。阿嬷每天把他带在身边,心心念念都是这个孙子,每天不断重复教他简单的回收资源分类。好几次见到我,阿嬷都对我说:"我已经老了,每天带孙子来这里,就是要训练他,这些东西要怎么拿,拿到哪里放。"她希望孙子将来能投入慈济的团体,有慈济人的陪伴,真是用心良苦。

也曾经在大林慈济医院见过一位照顾孩子四年多、不离不弃的父亲。他的儿子已经三十多岁,因为脑部开刀,半身不遂,一只脚、一只手不能动,爸爸陪儿子生活、复健、看病,一切生活起居,都由父亲陪伴着。

那一天,他带着儿子到大林慈济医院来做复健,复健室在二楼,父亲想利用机会训练儿子的脚力,不带他搭电梯,扶他走楼梯。三十几岁的人,身体胖胖的也有七八十公斤,这位年老的父亲扶着儿子走楼梯,可以想象父亲要使用多少力气才能搀扶。看儿子的脚无法一步一步踏上去,他帮孩子把一只脚放上阶梯,再扶他上去,多么吃力,但是这位父亲任劳任怨,好不容易,才扶上二楼。

医院里的男众志工赶快上前慰问这位父亲,父亲说:"我这一生,除了务农很专心以外,现在照顾儿子最专心。"这种亲情听起来,让人的心很沉重,父亲一年一年老了,儿子是不是能复原并不确定,这位父亲真的能等到儿子反哺报恩的时候吗?

孩子平安就是享受

父母期望孩子反哺报恩,有时候并不以金钱、物质作为考量,他们最期望孩子能正正当当做事,日子过得心安理得、平安快乐。像是有一位独立抚养儿子的单亲妈妈,就做了很好的示范。她辛苦抚养儿子多年,母子相依为命,每天这位妈妈都会叫他儿子:起床啰!念书啰!儿子毕业后上班了,妈妈每天还是要叫他儿子:起床啰!上班啰!这是天天不可或缺的一件事。

有一天,儿子下班回来跟妈妈说:"妈妈,您太辛苦了,我从小到大都没有让您享受过什么,看!我们家装潢得这么简单。现在我的朋友邀我一起做事,如果成功了,我们可以把家里重新装潢得很漂亮,而且应有尽有,妈妈您要什么就有什么。"妈妈听了问儿子:"你做这件工作,赚的是不是正当的钱?"儿子说:"钱是正当的,不过可能对别人有点不公平。"

这位单亲妈妈非常有智慧,她说:"儿子呀!每天早上都是妈妈叫醒你的,是不是?"儿子说:"是啊!""我每天在厨房准备早餐,看到时间快到了就在厨房叫你,每次都叫了好多次,你还是没有回应,总得让我从楼下跑上楼叫你,你才会起床。我真不希望你做了这件事之后,每天睡不着觉,早上还没叫你就看到你眼睛睁开,早就已经醒了。"

儿子恍然大悟,他说:"妈妈,我知道了,我会让您安心,不会去做那些让您担心的事。我们母子辛苦一些没关系,只要心安,日子就会过得很快乐,是不是呢?"这位妈妈很欢喜地说:"对了,孝顺第一就是要让妈妈心安,我们的心欲不能太大,只要够维持生活,心安理得,这样就是幸福啊!"

这是最正确的人生观,我们要凭劳力去赚取合理的利润,不要做"心不安、睡不着"的事,若是做这种事,那么得到再大的享受也没有用。人生的享受如梦幻泡影,又如夏日的白云和无心的芭蕉树,更像那虚幻的魔术,有什么所得呢?在生活中,若能把心欲之门关起来,自然天天都过得很平安,日子过得平安快乐,对父母来说,就是最好的享受。

卷二

行孝不能等

欲报亲恩,应当身体力行,
及时把握因缘,不要等到明天。

孝是做人本分

在佛教的观点:"念佛乃诸法之要,孝养父母为百行之先"。想入佛门,要先学会念佛,因为念佛能时时刻刻警惕自己"以佛心为己心";培养慈悲爱念,也是要从念佛开始,所以,念佛即是入佛门修学诸法的重要法门。

而孝养父母是百行之先、万善之门,要修持学习佛心,必须先培养孝顺父母的心;没有孝养父母的心,而想追求佛心,是不可能的事。所以说"孝心即佛心"——孝养父母之心,就是清净的佛心。舍离"孝"则没有"佛",不念父母也无佛可念。这是佛陀教育众生非常强调与重视的一点。

总之,修学佛法,不离"世间法"。世间说:"百善孝为先",修净因、净业的目标,是要达到佛与圣人的境界,但仍然要从做人开始。做人要饮水思源:我的身躯从哪里来?

父母如何为我付出爱心,我应该如何回报父母?

回报父母就是孝养父母,正如一样讲求孝道的孔子在《论语》中有言:"弟子入则孝,出则弟,谨而信,泛爱众,而亲仁。"为人子弟志学修身者,应从孝顺做起,在家孝顺父母,外出恭敬长上,行为谨慎而诚实,慈悲博爱,亲近有德之人。如果在社会上的每一个人都能以此作为行事的原则,社会应该会比现在更祥和安乐。

现代人所说的孝,往往只限于物质奉养而已,以为提供父母物质生活,让父母有得吃、有得穿,就算是孝养父母了。反观从前所谓的"孝",除了要使父母衣食无缺之外,还要晨昏定省,问候尊亲。说任何话,一定要先察颜观色,仔细思量自己说的话,会使父母欢喜还是生气?若看到父母的眼神含有怒气,则要说的话到此为止,赶紧转移话题,不令父母生气。

现在有很多为人子女者,当父母和他说话时,他连回个头看看老人家的脸,都觉得是多余的。甚至很多人为了提高生活水准,离乡背井,在外打天下,以自己的事业、家庭为重,忘记了在故乡时时倚门望子归来的双亲。

保有伦理,社会祥和

有一位年轻的妇人,因信仰宗教的方式未获家人认同,也提出问题问我。我告诉她:"学佛不可以整天跑道场,只顾拜佛、听经,置家事而不顾,对子女不尽母爱,对公婆未尽孝道,如何要家人不反对?"年轻的妇人回应:"几天前我还寄半斤人参给我婆婆。"

我说:"孝顺并不是用半斤人参就能表现的。'孝',必须以恭敬心来对待父母、公婆,不是只提供物质来奉养他们——他们不是让我们用来'养'的,是必须孝敬的。"将内心的恭敬形于外就是"顺",为人子女者应和颜悦色,顺从父母,让父母得到心灵上的欢喜,而不只是供给丰富的物质。

看看现在的家庭,父母对孩子无微不至的付出,手牵着孩子的手,心贴着孩子的心,保护孩子的那份亲情,令人感动。如果能够以爱子女的心来孝养父母,则是人性本能的崇高表现。

在慈济的照顾户里,也有很多老人,有儿、有孙,却遭到遗弃,倚靠慈济人不断关怀,不断照顾,帮忙打扫家居、清理身体。因为孩子的弃养,造成社会的老人问题。若是每位老人都由自己的子孙照顾,社会还会有老人问题吗?我始终认为,每个家庭应负起抚养父母的责任,老人都住在家里,三代同堂、四代同堂、五代同堂,这个社会自然保有伦理的精神,社会秩序也会更加祥和。

如果儿女长大了,老人就要住养老院,实在太悲哀。人人都有机会为人父母,也都当过别人的孩子,身为父母者,对孩子将来有什么期待呢?期待他将你送到养老院,还是住在家里孝顺你呢?当然是期望可以在家让孩子孝顺吧!

学佛以孝为先

学佛者以孝为先,人格未成,佛格即无法成就。所以,佛陀的教育首先要我们守好做人的根本、做好人的本分,在佛经里有许多佛陀及其弟子行孝的故事,"佛陀为母说法"就是其中的经典。

佛陀出生七天后,母亲摩耶夫人就往生了,但当佛陀成道、说法,近八十岁将入灭时,他仍觉得母恩未报,于是决定到忉利天为母说法。那时是四月初,正好是僧团每年一次的"结夏安居"期间。佛陀到达忉利天宫时,他向文殊菩萨说:"你先代我向母亲摩耶夫人说,我将要和她见面了。"文殊菩萨即依言先去禀报摩耶夫人。

佛母看到佛陀来了,她很欢喜,佛陀看到母亲也很欢喜。佛陀告诉母亲:"您在忉利天宫享天福,希望您能再精进修行。因为,天福若享尽,还要堕入轮回,人间的苦乐参半,而生死轮回,其苦更是无有休止。不如勤加修行,赶快断除六道轮回的生死根,才不会有无常的种种烦恼。"

佛母问佛陀:"修行可以断除生死,但世间人是否人人都在修行了?"佛陀说:"世间人多贪欲、瞋恚、愚痴,能接受佛法、净化自心的人不多。因为贪欲、瞋恚、愚痴是人们无始以来的无明,要断除确实很难;但只要透彻地了解真理,依法修行,体悟真谛,还是能降伏贪、瞋、痴等烦恼,如此即能日渐进步。"

佛陀的母亲已生在天堂享福,他尚且前往忉利天为母亲说法,善尽度化母亲的孝道。已经成佛的大圣人,在人间度人无数,但在即将入灭时,他觉得还有一件大事未圆满,所以佛陀以神通力达成度化母亲的心愿,由此,我们更要能体会"百善孝为先"之理。

时时为父母祝福

另一个行孝的故事,是佛陀弟子中的目犍连尊者。目犍连尊者的母亲年轻时没有宗教信仰,身口意三业都不修,常常毁谤人,又贪食害命。往生之后,目犍连尊者非常担心,担心母亲在生时的行为,往生后到底何去何从?

有一年,目犍连尊者打坐时,忽然间想起母亲不知沦落何处?由于他在佛弟子中神通第一,所以他心念一转,就到了一个饿鬼道的境界,看到母亲堕落饿鬼道,非常痛苦。

目犍连尊者的母亲在饿鬼道受尽折磨,腹大咽小,骨瘦如柴。一见到目犍连尊者,即哀叫着:"我肚子饿,肚子好饿!"目犍连尊者赶紧运用神通化出一碗白饭、一碗水。母亲看到了好高兴,赶快把饭捧到嘴边,嘴一开,口中火焰吐出来,整碗饭都烧焦了。目犍连尊者看了心很痛,到底如何才能帮助母亲脱离饿鬼道?唯有佛陀了!

他出定之后,赶到佛陀面前请求解救他的母亲。佛陀问:"你的母亲以前是从事什么行业?"目犍连尊者将母亲在世时对人刻薄、没有慈悲心、毁谤三宝……等等不善的行为,一一对佛陀表白。佛陀说:"业力大过须弥山,只凭你一个人的力量,哪能救得了!要救她解脱,必须仰仗很多人的福德,才能救你的母亲脱离饿鬼道。"

目犍连尊者就问:"我要如何才能让母亲解脱,如何才能汇集这许多福德呢?"佛陀说:"结夏安居期间,僧团中的许多修行人用心修持,累积了无限量的福德,你在这个时候献供,可以得到很大的祝福,借着众人祝福的力量,你的母亲就能解脱。"目犍连尊者听了很高兴,就在七月十五日结夏安居圆满这一天,备办饮食献供,恭敬供养这许许多多的福田僧。他的母亲就此得到了解脱。

这就是报恩,父母养育我们,我们应该时时存有孝思,时时为父母祝福,以报父母之恩。

如何报亲恩

何谓富而贵的人生？一般凡夫认为有形的丰富物资即是"富"；而位高权重即是"贵"。其实真正的富与贵在于"品格"，心中富有伦理、道德，才是真正的人性之富。什么叫做贵？就是在品行上，品德高尚、行为端正，而对家庭最基本的行为就是报亲恩、尽孝道。

在《父母恩重难报经》里，佛告弟子："欲得报恩，为于父母书写此经；为于父母读诵此经，为于父母忏悔罪愆，为于父母供养三宝，为于父母受持斋戒，为于父母布施修福。若能如是，则得名为孝顺之子；不做此行，是地狱人。"两千多年前佛在世时，尚未发明印刷术，全靠大众听法之后，凭着记忆口耳相传，将佛法传播出去。因此，佛陀要弟子发心书写《父母恩重难报经》，使之辗转流传，影响世人开启孝心。

随着社会环境的变迁,我常说"经"不只是让我们用口念的,而是要实践其中的道理,佛陀真正的用意不只是手抄经典,更希望我们用行动来表现。而在行动之前,最重要的是守护好自己对父母孝敬的心念。

每一个人生下来虽然本性善良,但在现代复杂的社会,陷阱很多,往往会诱惑着人往恶的方向,我常说人心方向绝对不能毫厘偏差,一不小心,就会偏向恶的一方。《长阿含经》有云"众生能为极恶",就是从"不孝父母、不敬师长"开始,可见人会学坏,就会从教育这一个阶段开始,尤其在学龄时期,要非常非常谨慎。佛陀说,极恶的人,来自于不孝不顺,对父母亲忘恩负义。父母养育他的身体,师长成长他的慧命,他竟然能不孝父母、不敬师长,这样的人,还能期待他什么呢?

我们很幸运能听闻佛法,但是我们的父母不一定有机会,即使有,也可能早已忘失清净的本性,听了法却不容易接受。所以真正孝顺的人,不仅自己发心听法、行道,也要为父母多做布施、多种福田,引导他们入佛门,修善法。

为父母布施修福

有一位慈济小学的教师,夫妻俩成为慈济人后,一直努力要将父亲引进慈济,经过不断努力,父亲果然进入了慈济大家庭,做得非常欢喜,这是一分大孝。父母养育孩子的恩德,回过头来,儿女度父母成长慧命,互相引度,互相提拔教育,这种孝实在很美。

还有一家十七个人同时加入慈济,他们四代同堂,成员里有博士、教授、老师、企业家,还有大学生、小学生,一起参加慈济活动。老爸爸老妈妈很开心,很满足,他们说:"我们是世间最有福的人!"没错,能做到让父母亲欢喜,他们的子女、女婿、媳妇,正如佛陀所说"为于父母布施修福。若能如是,则得名为孝顺之子"。

人生无常,设若父母有愿,子女应当力行,免留遗憾。有一位中年人,他为了圆妈妈的心愿,花了八天的时间从桃园步行来花莲。我问他:"你有什么心愿?为什么要走八天的路过来?"

他哽咽着、眼泪直流地说:"为了妈妈。"

"妈妈怎么了?"

"妈妈健康的时候,有一个心愿,要来花莲见师父,但因缘一直错过。后来妈妈中风了,但是她来花莲的心更殷切。"

他也希望完成妈妈的心愿,只是不断犹豫拖延着,后来妈妈心脏的瓣膜都坏死了,住进加护病房。他很内疚,妈妈健康时没能及时陪她过来;妈妈中风时,可以用轮椅送她来,他也没有及时达成这个心愿。等到妈妈已住进加护病房,医师说有两条路,一是开刀,但是危险性很高;另一条路就是听天命了。

他下定决心要达成妈妈的愿望,因此以步行、忏悔的方式,一路走到花莲。

他的孝心令人感动,也令人不胜唏嘘。欲报父母恩,应当身体力行,即知即行,万万不要等明天。

孝而顺之

孝顺,孝而顺也,有些人并非不孝,只是不知如何表达对父母的爱,欠缺那分"顺",导致家庭不和睦。所谓的顺,并非连父母的不合理要求也完全顺从,例如唆使子女作奸犯科,子女就应谨守做人原则,委婉地让父母了解是非曲直。我所说的顺,是指孩子要学习并懂得表达内心的爱与孝,孝而顺之,不要等到父母生气或生病了,才想到或做到。"子欲养而亲不待",是很遗憾的事。

有一位高龄九十二岁的阿嬷,病重住进慈济医院。她有三个儿子、两个媳妇,还有女儿,大家都很孝顺,只有一个儿子最令她担心。有一天我们的医疗志工,看到病房外面有一位先生,就问他:"你看起来很担心,是为了什么人?"他说:"我的妈妈九十多岁了,我们一直想留住她,却好像留不住。"志工安慰他:"你们这么孝顺,相信妈妈已经很满足了。"

这位先生说:"我的妈妈是真的很好命,我们大家都很孝顺。我是最大的,不过我们有三兄弟,妈妈非常挂心最小的弟弟。"这位最小的弟弟已经四十四岁,妈妈还在关心。他说:"弟弟这几年留了长胡子,邋遢又难看,太太为了他留胡子和他吵架,闹离婚。我妈妈一直劝他,叫他剃掉胡子,他都不肯,这是妈妈这辈子最遗憾的。"

最大的惩罚就是后悔

隔天,志工看到一位留着长胡子的先生在病房外走来走去,心里有数,就走近问他:"先生,你来看什么人?"

"来看我妈妈。"

"那你怎么不进去?"

"唉!妈妈一看到我留胡子就不欢喜。"

"为什么?你留了胡子,看起来很有气魄啊!"

他说,为了留胡子,常和太太吵架。

志工就说:"为什么留个胡子要牺牲这么大呢?太太是要跟着你一辈子,她就是因为爱你,不希望你的形象破坏,所以才念你,这样也吵到要离婚?"

刚开始,他还是坚持己见,认为男人要有男人的性格。志工话锋一转:"对了!你的母亲已经年纪这么大了,还能剩下几天?你继续坚持留胡子,就看不到母亲。我们师父说'人生最大的惩罚,就是后悔'。"当下他似乎了解了,他说:"我知道该怎么做了。"

第二天,他剃掉了胡子,整个人焕然一新。志工看到他进到病房里,叫唤着:"阿娘、阿娘!"他的母亲陷入昏迷,他一直摸着妈妈的脸叫唤,妈妈眼睛睁开又闭上,他说:"您不认得我了吗?您看,我的胡子剃掉了,您看一下。"妈妈再次睁开眼睛,露出笑容,手臂虽然无力但一直努力伸上来。儿子赶紧拉着妈妈的手,摸着自己的脸:"您看,我胡子都剃掉了。"妈妈虽然无法说话,但是微笑了。

想想,妈妈不希望他留大胡子,只是单纯希望他在外工作能顺利且得人缘,为了坚持留下胡子这小小的东西,和家人闹得不愉快,不仅太太想离婚,妈妈也不谅解,实在不值得。父母对孩子的牵挂无止无尽,孝顺父母,就是要过好自己的每一天,让父母放心。

慈与孝的佛陀

佛陀说,世间有两种人,我们如果能去付出、供养,回报的功德很大。哪两种人?第一是"父母",第二种是"得道的圣人",也就是师长,有道的师长,因为父母给我们身体,有养育身命之恩;有道圣贤启发我们的慧命,所以要供养尊重。

《父母恩重难报经》中告诉我们,回报父母恩,即使"左肩担父,右肩担母,研皮至骨,穿骨至髓,绕须弥山,经百千劫,血流没踝,犹不能报父母深恩。"两肩担挑着父母,即使肩头磨破了,出血、见骨,还是一样用恭敬孝顺的心对待父母,这就是供养父母的功德,也是天经地义,为人子弟的本分。

过去有一位奉慈守孝的年轻人,名字叫睒,他的故事给了后人许多启示。

睒有一对年老失明的父母。虽然他出生在无佛的时代,但他觉得应该奉持古佛所流传的"道",并且孝养父母。他认为真正的孝,给父母的不是物质,而是真理,所以他对父母说:"人生世事无常,贪恋在繁华中,有朝一日,当无常来临,寿命终了,所造的业却还是紧紧跟随。孩儿想找一处清净山林好好修行,希望父亲母亲能同行、同修、同志愿。"

他的父母凡事依靠他,所以依顺孩子的意愿,一起迁入深山,寻找清净的地方。睒在山中搭了一间草棚,就这样和双亲过着安详平淡的日子。

有一天,他采集好水果、蔬菜回到茅屋,对父母说:"果菜我都准备好了,现在要到河边取水。"他提着桶子往河边走去。到了清澈的河边,见到天地如此广阔,河水从源头奔流而下,源源不绝,周遭草木青翠,空气清新,树上的小鸟鸣叫,境界好美啊!他的内心不断涌现慈怀感恩之情,这种心灵的世界也好美。

正当他弯下身提水,要站起来时,忽然间一枝箭朝他射过来。他中箭了,顿时惊慌叫道:"是什么人一箭杀害三条命?"

原来是国王出来打猎,看到一只鹿跑过去,就拉弓射箭,不料却误射了睒。国王非常懊恼,赶紧来到睒的身边,问他:"你是谁?怎么会在这里?"

睒说:"我在这里取水。我有一对父母,他们的眼睛都看不见,平常依靠我奉养,这一箭射中我,我必死无疑。我如果死了,双亲也活不了!"国王看到这位青年心存孝念,懊恼以外,也伤心起来,他关怀说道:"我会尽量为你疗伤救命,也会关心你的父母,你的父母住在哪里?"睒拼着最后的力气,说明双亲所在处,并请求国王:"如果看见我的父母,请你要安慰他们,告诉他们这是个意外。我无法继续侍奉他们,请父亲母亲好好照顾身体,我无法尽孝心了。"

国王痛哭流涕,赶紧带着人,找到这对失明的老夫妻。老夫妻不晓得儿子出事,知道来访者是国王,还热心地招待国王享用儿子采集的水果,并且告诉国王:"我们儿子去取水,一下子就回来了。"

国王听了此话更加痛悔,脱口而出:"你们的儿子在河边,不小心被我的箭射中,似乎将要气绝了。"

瞎眼的父母非常震惊,在卫士的搀扶下来到儿子身边。一到儿子身边,肝肠寸断的老夫妻,父亲摸到儿子的头,母亲摸到儿子的脚,两人摸索着孩子的胸口,摸到了那支箭。他们无法接受事实,不断向上天哀呼着:"天神、帝释啊!我的儿子一向信奉三尊,守佛十戒,大慈行孝,今天怎么会遇到这种不幸呢?他一生中都是用爱、用慈、用孝,心地善良,连走路都怕把地踩痛。诸神啊,如果能体谅我儿这片真诚的心,请让他复活吧!"

老夫妻的叫唤震动了天地,帝释、天人都赶来了,帝释对天人说:"睒是一位仁德厚道的贤人,我们很感动,我们应该证明他这份'守志奉道'、'广慈行孝'的心。"于是天神下降为睒疗伤,不多久,睒复活了。

行孝广慈的睒复活后,国王非常震撼,因此下令全国人民学习睒的孝行,奉三尊、守十戒,广行仁孝。

睒就是释迦牟尼佛前身,那位国王是阿难。佛陀以自身慈孝修行的过程,教育当时及后世所有的学佛者,慈爱天地万物、孝养父母,体会人生无常,唯有真理之道,才是人生所应追求的。

来不及的悔恨

在汉朝韩婴所著《韩诗外传》卷九中有云:"树欲静而风不止,子欲养而亲不待也。"人子希望侍奉双亲时,父母却已经亡故,无法尽孝。来不及侍奉父母,真是遗憾的人生,为人子女没有尽到孝心,确实很可惜。看目犍连尊者到地狱救母,释迦牟尼佛上天堂为母亲说法,即使已到达圣贤的境界,也要完成"尽孝"这件大事,人生才不会有所缺憾。

然而从古至今,来不及的故事时有所闻。慈济医院的志工曾辅导过一个个案,一位少年得志、成功的企业家,受到朋友的引诱而吸毒、赌博,酒、色、财、气样样来,自此深陷无法自拔,并犯案坐牢,家庭也因此发生变故。

他本来有很好的太太和可爱的孩子,有个幸福、和乐的家庭。虽然他走了错误和糊涂的人生,但太太还是体贴、原谅他，常常去探监。这段时间，他的妈妈把他的财产拿去赌博，都输光了，先生误会是太太赌光的，夫妻感情因而破裂，离婚后，孩子由太太抚养。

后来他知道错误，却没有勇气说出误会太太的真相，出狱后他也想改过，但已经没有机会，因为他发生车祸，造成脊椎损伤而瘫痪。他听说慈济医院是一所很好的医院，有很多志工会帮忙照顾他，就转院到慈济医院来。

有一天，志工问他，想不想和家人团聚？他说很想，但是没机会。因为他无法表白当年误会太太的事，但他立志要东山再起，等成功后再向太太忏悔。一位长辈有心帮助他，他也力图振作，出院后，很用心地工作。这期间，志工一直和他保持联系，写信辅导他，为他打气，但不幸的是，他旧疾复发，病逝于台北一所医院。

当他在慈济医院住院时，志工曾和他家人联络，他儿子一听到他的名字就气愤地说："你不要提起这个人，他没有尽到做父亲的责任，什么都不要再说了。"就挂断电话。后来他洗心革面,志工再打电话给他家人时,他的儿子表示很感恩慈济志工几年来对他父亲的关怀,让父亲的身心都很平静。

儿子说他很后悔,因为一念的"瞋心"不肯原谅父亲,等接到医院的通知,才知道父亲往生了。整理遗物时,发现父亲什么东西都没有留下,身上只有慈济志工写给他的信,他看了很感动。他父亲的日记里也说自己这一生,什么都没得到,只有慈济人给他的这股"慈济情",如果有来生,一定记住慈济人给他的教化,快快回来做个慈济人。

这个故事有两个"来不及",这位父亲年轻得志,但不到五十岁就往生了,他做错事想要后悔没机会,立志东山再起也没机会,要向太太忏悔自己的错更没机会,这一切都已来不及了。相同的,他的儿子要孝顺父亲也来不及,因为从小就被父亲遗弃,所以只有恨,就算父亲已满心忏悔,但他不接受;志工想要拉近父子之情,他也拒绝,所以他要孝顺父亲也是来不及。

人生在世,到底能承受几个来不及的悔恨?

一位慈青的真情

在社会的角落里,有一些人奋力摆脱宿命,为自己开展慧命。像是一位慈青的例子,对于现在的年轻人来说,就是好的范例。

这位慈青小时候家里很贫穷,父亲要负起家庭的责任,拖着命做工,身体很不好;他的母亲看着一大群的孩子要养,先生身体又不好,也跟着拼命工作。

父亲虽然勤劳,但脾气很坏,动不动就打母亲,他常常看到母亲被父亲打,非常同情母亲,又看到父亲事业屡做屡败,最后只能做清洁工的工作,让他觉得很没面子,也不谅解父亲。跟同学家的环境比起来,他的自卑感很重,所以常常怨恨父亲,家里为什么那么穷,为什么要去当清洁工,为什么家门口总是堆满垃圾?更恨他父亲常常打母亲。

后来他加入慈青社,一点都不敢提起家里的事。

有一次,他来参加生活营,要结束时,活动中有一段短剧,非常凑巧,剧情是拾荒者在路上捡到一个弃婴,当成自己亲生的孩子抚养长大。这个孩子小时候很乖,长大之后书读得很好,毕业后当了明星,名气大了,就不愿让人知道她父亲是个捡破烂的。这位慈青刚好饰演父亲的角色,演得自己都哭了,因为他终于能体会父亲的心境。

隔天他上台分享。他说以前他很自卑,同学都不知道他的父亲在做什么,借着这个场合他要把自卑的感受说出来,回去之后,他还要对父亲说:"爸爸!感恩您!感谢您拖命维持这个家庭,感谢您拖命赚钱供我念书。"台下的听众,都被他的真情所感动。

这位慈青的父亲几年前往生了。他告诉我:"师公,我现在只有一个心愿,希望妈妈赶快穿上和师姑一样的衣服,出来担任慈济委员。"他说父亲在世时,一直不赞成妈妈做慈济,常常骂她。现在父亲往生了,他唯一的愿望,是达成妈妈的心愿。后来他的妈妈,真的成为慈济委员,我看到他高兴的表情，好真好诚恳。

　　像这位慈青能在父亲在世时，就警醒到自己要改变对父亲的态度，也尽了子女该尽的孝道；父亲往生后，第一个就想到帮助母亲，圆满当慈济委员的心愿。这样的人生会是圆满的人生，相信他以这样的态度在社会上工作，必定能得到更好的机缘与赏识。

分秒不操心

我常常说,世间有两件事情不能等,为善不能等,行孝不能等。人生无常,一切难以预料,要等到什么时候才是回报父母的时刻,所以谈到孝道,及时行孝是最好的方法。

我曾经在大爱电视台讲过一个故事,内容很有趣,道理却很深。

有一天阎罗王觉得最近来到地狱报到的人愈来愈少了,他觉得这样不行,赶紧召集干部会议,牛头、马面、大鬼、小鬼都叫来了。阎罗王说:"最近报到的人少很多,你们研究看看问题出在哪里?另外想想办法,看有什么方法能引大家来地狱。"牛头将军首先发言:"我有办法,我去向世人说,做好事没有天堂可去。"阎罗王听了觉得这不是很好的办法,因为,做好事没有好报,没有天堂,还有谁愿意做好事呢?

之后换马面将军献策:"我去跟大家说,做坏事不会下地狱,尽管放心做。"阎罗王也觉得这不是很好的方法,作恶不会下地狱,这更糟,完全没有因果观念,对恶事一点都不禁忌,世间就乱了。

这时有一个小鬼说:"我有一个办法。"阎罗王问:"小鬼,你有什么办法?牛头和马面的办法很平凡,你一个小鬼有什么办法?"他说:"我可以去跟大家说,'还有明天'。"阎罗王听了拍案叫绝:"好啊!你们去跟大家说,还有明天。"

什么事都推给"明天",注定是悔恨的人生,无论你是学生或上班族,"今日事今日毕"才能维持事情的正常运作,如果什么事情都想着还有明天,延迟到明天,那么万事不可成,因为当无常来临,我们还来得及完成想做的事吗?

好好照顾自己

孝顺父母也是一样,今天我对父母声色不好,不对,我明天会改。妈妈要我们今晚早点回家她才安心,但出门后,为了尽兴玩乐,却跟自己说明天再听话,明天再早一点回去就好,孩子哪能体会父母在无尽的夜里痴痴等待孩子归来?

我从新闻上看到警方想尽办法要制伏一群不懂事的飙车少年。他们想到一个方法,就是将这一百多名青少年,送到植物人收养中心,让他们去看看那些植物人,一整排四十多个躺着,都是年轻人。这些年轻人都是因为发生车祸,变成植物人,而被送到收养中心,有的人已经在收养中心躺了好几年了。

观护所的人问这些年轻人:"看到这些植物人之后有什么感想,怕不怕?"有些年轻人若无其事,好像他永远都是幸运儿,这种事情不会降临到他身上;有的人开始会害怕,看到这种情况,会警惕自己。

我从电视上看到这种情形,心中真的很纳闷这些年轻人在想些什么?看到这么大的教训,有的人还能若无其事,好像事不关己,自己永远是幸运者,抱着这种侥幸的心态,的确是很可怕。想想躺在那儿的植物人,他们的父母多操心、多担心、多烦恼。年轻人的本分就是要好好求学,好的不学,学坏的,这就是不守本分。

总之,在日常生活中,都可以尽孝道,身为人子应分分秒秒不让父母操心,才是孝顺。要知道,我们的身体是父精母血孕育而成,父母生我们,养育我们,实在很辛苦,他们给我们再多的财产都是身外物,最重要的是给了我们生命,我们应该好好照顾自己。

化无用为大用

某日凌晨,一位十七八岁重伤的少年被送到慈院急诊室。少年的家住台东,深夜因故遭围殴重伤,辗转送至慈济医院就医。经急救后仍呈现重度昏迷,生命迹象日渐微弱,血压一直往下滑落。这位少年的家属中有慈济会员,平时常收看大爱台节目,了解器官捐赠的意义,因此,家人商量后同意化无用为大用,若是少年宣告不治将捐出器官。

医院志工在床边鼓励少年,要努力转好,回报父母恩;如果实在不行,可以将器官捐给需要的人。少年似乎听得见志工的鼓励,血压渐有回稳现象,最后连妈妈也一起加入呼唤的行列,不断告诉他一定要撑住,让器官保持完好才能救人,也不枉费父母养育的恩德。经过持续的鼓励,少年似乎感应了大家的期望,血压回升,最后捐赠出心脏、肝脏、两颗肾脏及两个眼角膜,让六人重获新生,所有的骨骼也能让数十位病患过更好的生活。

"化无用为大用、化不舍为大舍",少年的母亲真有智慧。世间父母总对子女牵肠挂肚,从小细心养育,无非望子成龙、望女成凤;岂料孩子长到十七八岁,却发生这种悲剧,让人痛心。这位母亲了解不幸的事既然发生,再如何怨恨、追究,都于事无补。她透彻生命的道理,所以愿意将孩子身上能使用的器官,捐出来救人,这是真正的"大舍"。

想一想,身为子女者,到最后一刻无法孝敬父母,只能以身体的奉献回报父母,对于父母来说是多么不舍!所以真正的孝顺,不一定要赚大钱,父母的期待只是孩子能身心健康,平平安安生活,顺顺利利求学,千万不要让父母操心。

从感恩开始

一个好的社会是由无数个好的家庭凝聚而成,好家庭则奠基于良好的亲子关系,所以儒教重视修心、齐家,才可以治国、平天下。每一个人要先好好修养自己,培养慈爱的心,有一天成为父母,才能以慈爱的心教育下一代,子女长大成人,即能力行孝道,如此父慈子孝,夫妻和睦,守好各自的规矩,方能形成好社会;社会和睦,每一个家庭就能享受天伦之乐。

佛陀一直教育我们,一个人要知恩、报恩。他将感恩分成四类,第一类就是感恩父母,因为父母恩重如山。尽管如此,人常常会忘却感恩,尤其是自己的孩子出生之后,为人父母的认真工作、打拼事业,无非为了给孩子更好的生活环境,孩子生病了,甚至愿意代替孩子生病。但我们手抱孩儿,是不是可以体会父母心?我常说:"父母是孩子的模。"我们自己孝顺父母,等到年老的时候,子女就会孝顺我们,这是一个家庭伦理,是一个很美的伦理。假如不照这个道理走,逆理、逆伦,我们的人生一定很坎坷。

虽然父母对孩子的爱很深,却往往太执著对子女的情,将满心的爱局限在孩子身上,这种有对象的小爱,也可说是"傻爱",既造成自己的苦恼;事实上,孩子也不会变得乖巧,反而觉得父母管太多,太唠叨,在家很不得自由。

每年暑假,慈济中学都会举办亲子营,许多孩子经过营队的洗礼,整个人脱胎换骨。有一位女孩说,她小时候很依赖妈妈,觉得和母亲不可分割;上了国中以后,母亲的关心令她感到反弹;高中时,更是一听到妈妈的声音就讨厌,母女之间剑拔弩张。经过五天营队生活,让她回想起小时候与妈妈贴心的感觉。她说:"我已经十六七岁了,却不如一个六七岁的孩子。"

原来营队期间,她随志工去居家关怀,看到两个小妹妹照顾她们的植物人妈妈。那位年轻的妈妈之前因车祸被送到花莲慈济医院，在加护病房昏迷了好几天，经医师全力抢救，病情虽然稳定下来，却变成植物人。两位女儿在志工的教导下，每天用毛巾帮妈妈擦澡，把妈妈照顾得连一处褥疮也没有。

她们像小蝴蝶般，每天在妈妈的耳边唱歌、说故事，说一些让妈妈欢喜的事；虽然妈妈毫无反应，她们还是叫着："妈妈！您要赶快好起来！"数月来从不间断。病人出院后，医护人员及志工继续居家护理。当时正值暑假，十一岁的姊姊和六岁的妹妹当起小护工，每天将妈妈照顾得无微不至，还向护理人员说："阿姨，我会帮妈妈擦背呢！你们如果忙就不用来，我们会做得很好。"

事发将近一年后，或许是两个女儿的爱与孝心，这位妈妈清醒了！但仍然需要照顾，两个女儿同样寸步不离地守在身边。当这群参加亲子营的高中生和慈济志工一起去探访她们时，六岁的小妹妹向这些大哥哥、大姊姊说："我们好幸福喔！妈妈会对我们笑了，妈妈听懂我的话。"

就是这番话，让这位大姊姊深受感动。当她站在台上分享这段经过时，紧紧的拉着自己的妈妈，她说："我在这里要向妈妈说：'对不起，让您担心了！'"母女俩拥抱在一起，都流下泪来。妈妈对女儿说："其实妈妈也不太了解你，妈妈会再学习。"那种亲情流露，让台下的学员都动容了。

感恩的孩子不会变坏

还有一位妈妈陪着儿子上台。这位妈妈已是癌症末期，身体非常虚弱，走路不太方便，也不能久坐；她好不容易说服儿子来参加，并且拖着病体坚持陪他来。因为营队"圆缘"时看到很多人上台，儿子也请妈妈上去，并答应陪在身旁。没想到母子一上台，他竟抢着说，妈妈不顾身体的病痛陪他来，只为孩子能走一条正确的路，如今他才知道天下父母心，也终于体会到妈妈的用心良苦。

他哭了，妈妈也哭了。妈妈说她的生命所剩无几，无论如何都要陪孩子进入慈济的门,让孩子了解真正有价值的人生。看着他们母子俩在台上拥抱,虽然令人感到安慰,却也感伤啊!孩子能体会妈妈的好,但妈妈的生命还剩多久呢?

尽管岁月不待人,但是只要有心,就能把握当下、恒持刹那。

对于父母来说,所谓"儿孙自有儿孙福",对孩子烦恼过多无益,解决烦恼最好的方法,是让家庭幸福。在上有长辈,下有孩子的家庭里,若能从父母本身做起,对高堂孝顺、敬爱,孩子自然学会如何孝顺父母,懂得感恩,懂得感恩的孩子不会变坏。

中国文化之宝

孝,是中国文化之宝;做人,最美的是人伦道德,对自己的父母不孝,却说去爱其他人,这是本末倒置的事。父母养育我们,让我们顺利成长,给予我们完整的教育,让我们有能力选择自己有兴趣的人生道路,若不是父母用心付出,孩子哪能成家立业,绵延子孙呢?我们应该对父母尽这分孝道。

中国人说"吃果子,拜树头"、"饮水思源",在中国人的社会里,孝是非常重要的。有一些长期侨居美国的慈济人对我说,他们了解这个道理,也知道中国文化很美,但是担心这样的理念在美国社会无法推展,因为西方人不谈"孝",西方的年轻人倾向独立。我说:"中国这种美的文化应该传扬出去,也许他们做不到,但是应该让他们有机会了解,中国社会这种孝而美的家庭观。"

美国的老人，年老了只能住养老院，很多美国慈济人带着子女到养老院关怀老人之后，这些孩子都会说，以后绝对不会让父母住老人院，再辛苦也要把父母留在身边。可见得这些孩子在养老院里见到老人孤单落寞的生活情形，会让他们心生不忍，了解父母年老，最开心的事莫过于和家人团聚在一起。

我一直提倡父母年老了，要奉养在自己家里，我很反对父母年老了，就送到养老院。所谓"草绳拖俺公，草绳拖俺爸"，年老就被送到养老院，是多么的凄凉。将来换成年轻人自己老了，也一样会如此。如果你让年轻人了解真实的情况，带他们去老人院，他们就知道对父母表达孝道，不要把父母送到老人院。

在慈济医院里，我们开设名为"轻安居"的托老服务，白天年轻人要上班，小孙子要上学，没关系，可以将父母送到慈济医院来。送来之后，我们有医护人员以及医疗志工照顾他们，时间到了，子女能自己来接的就自己接，如果不行，我们也可以把老人送回家里。下班之后,子孙回来了,一家和乐,中生代得以孝顺父母,也教育了下一代。

每一次我们做家庭访问时,家属都说:"很感恩慈济有轻安居,我的婆婆罹患老年痴呆,开口就骂人,还骂很难听的话,我们很无奈。现在妈妈从慈济医院回来,开口就说感恩,谢谢你。"以前家人虽知道她是老年痴呆,不要计较,但是听到难听的话还是会心烦,现在老人回到家会笑了,会说感恩的话,家人都很高兴,觉得老人家很可爱!这就是善的循环、爱的循环。而且这样的制度两全其美,既不影响年轻人上班、生活,又可以顾及家庭天伦。

孝道法宝

现代人营养好,平均寿命延长许多,我们要知道老人是宝,好好地侍奉父母,也等于教育下一代,这是一种"孝道法宝"。照顾老人的方法很多,例如有些老人虽高龄八九十岁,但是还能活动自如,我们可以在社区开办老人互相关怀的活动,让老人家去关怀别人,做社会公益,多走动,有益身心健康。

另外,慈济有很多环保志工都是高寿的老人家,他们全都做得很开心。高雄有一位志工说:"我要感恩师父,本来我不太能走路,自从做了环保分类,现在脚变得很灵活。"我问他:"你用的是什么方法?"他说:"铝罐要踩扁,才不会占空间,我们分类完之后,我就踩一个铝罐念一句阿弥陀佛。"一踩下去,铝罐就踩扁了,"我两只脚这样一直踩,现在脚很灵活。我一边念佛,还能资源回收,垃圾变黄金,让师父拿去救人,我现在好快乐!"

如果每个社区都能将老人组织起来,年轻人去上班,老人身体健康当志工,老人会觉得自己还有用途,有人还很需要他,他还可以付出,这样就不容易得老年痴呆症。而且还能有"三宝":可以作为家庭教材,让孩子有机会教孙子,这是第一种宝;在社区能帮助别人,是社会之宝;他还能做资源回收,保护大地,他们会觉得自己永远是有用的"宝"。

另一种妈妈

孝,是做人根本,若人人懂得孝顺父母,感恩天地,社会自然祥和。然而孩子对于孝顺的道理并非与生俱来,需要透过教育,才能让孩子了解并实行。在慈济,有慈济委员组成懿德妈妈,配合学校辅导工作,扮演协助性的角色,针对学生的生活,以关心和辅导为出发点,负责辅导、陪伴慈济各级学生,协助孩子生活及学业上的不适应。

为什么称"懿德妈妈"?"懿德",就是女人的情操,女人的美德,期望慈济委员除了以身作则、修养自己的美德外,在家庭里能做贤妻良母,又能奉献大爱给别人的孩子,把别人的孩子当成自己的孩子一样来爱。毕竟慈济人不是走入藏经阁去找寻佛法,而是走入人间,阅读每个人身上的大藏经。她们用心倾听孩子与其家人的"心经",也能看到"无量法门,悉现在前"。

在学校里的孩子们,家中的父母成就他们的生命,懿德妈妈的使命则是成就他们的慧命。真正的学问,由老师教授给学生,懿德妈妈给孩子的是一种清净、真诚的爱。普天之下,别人的孩子与我们的孩子差不了多少,就如庄子说:"至仁无亲",极广大之仁、最高境界的仁,没有亲疏的分别;大家都要有这分宽阔的心,对任何人都平等地去爱。这分爱不是口头上说的,也不是文字上理论的,最重要的是,真诚的、智慧的、良知良能的教育,所以一定要由自己内心启发,身体力行,才能再转化到孩子身上。老师给孩子常识,懿德妈妈则给他们智慧;老师给孩子的是功能,懿德妈妈给他们的是良能。

"修于内,形于外",看孩子表现出来的形态,我们就能知道他的内心。常常看到孩子们蓬首垢面,邋邋遢遢,表示教育没有深入他们的心。就像倒水一样,妈妈一古脑地全倒给孩子,一下子就干了,只要离开身边,所教的孩子就忘了;除非用心拉好水管,才能点滴不漏,细水长流。这就是好的教育方法。

只要用真诚关怀,用智慧来倾听孩子的声音,再耐心解开孩子的心结,不一定要有多高的学问才能辅导孩子。私底下关心,不要用公开的方式让孩子难堪,这就是潜移默化,还有最重要的是以身教来带动。

将母爱化为大爱

曾经有位懿德妈妈告诉我:"师父,我有一个孩子,精神有点恍惚。我很担心,我想带他去看医师……"我听了很感动,虽然是别人的孩子,但是知道孩子恍恍惚惚时,还是替他担心,把这个孩子当成自己的孩子一样关心。

还有一次我行脚至台北,有两位懿德妈妈说她们辅导的一个孩子向她们求助,因为家中的弟弟从上了高中之后,突然读书不能专心,原本学业优异的他,变得常躲在家里不肯出门,最后,连妈妈、爸爸也不能靠近他,性情变得很刚烈，有时候还会动手打人。因为这个弟弟，当哥哥的在花莲无法专心读书，于是求助懿德妈妈。两位懿德妈妈前往这个家庭探视，看到这位弟弟坐在角落，妈妈很无奈地说着儿子一年多来的经过。

实地了解状况后，两位懿德妈妈不知如何解决这个问题，两人来到台北分会，想听听我的意见。碰巧慈济医院的副院长也在座，就透过他请一位精神科医师到那位孩子家中看诊，后来顺利带孩子住进医院治疗。

问题解决后，两位懿德妈妈心里的石头在那一瞬间落下了。其实，妈妈心就是如此，懿德妈妈关心懿德孩子，还关心他的家庭，为他们解决了问题，可见得懿德妈妈已将慈母爱扩为大爱，惜花连盆，爱屋及乌，不分人我。

而这些懿德孩子在感受到了这分母爱后，相信对于他们未来确立个人的生命价值观，会有深远的影响，有一天这些孩子建立了自己的家庭，扮演父母的角色，也会有不同的体会与作法。

不孝如断根果实

现代的孩子,有幸,也是不幸;有幸的是,他们出生在这个时代,经济很好,有很好的教育环境,真的是天之骄子,实在很幸福。但是人在福中不知福,不幸的地方,就是生在这种是非不分的社会;什么"是",什么"非",已经分不清楚。亲子间也常有代沟,对父母不重孝道,大家只重视下一代,不重视上一代。

有一位果农,他上有老母,也娶妻生子。他很辛苦的种了一大片果树,太太每天将孩子放在家里,让母亲照顾,自己跟着先生殷勤地照顾果园。晚上回家,太太一定要孩子回到她身边;假如孩子还依偎着奶奶,她就会把孩子拉过来,责备孩子太过倚赖。有的时候母亲拿了东西给孙子吃,太太回来就把这些东西丢掉,自己做给孩子吃;太太常常在孩子面前,对母亲很没礼貌。

老母亲心里很难过,媳妇不在时,都是她在照顾孙子,为什么媳妇一回来,孙子就不能待在她身边,也不能吃她准备的食物?

儿子看在眼里,难过在心里。有时会提醒太太:"你应该对妈妈好一点。"太太就回应:"孩子就像我们种的果实一样,我们种得那么辛苦,就是希望它结果啊!结了果实,我们要珍惜它,爱它。"这些话更让先生感到无奈。

有一天,先生把果园里的果树全都连根砍断。过了几天,树上的叶子和果实开始枯萎掉了下来。太太发现了,当场震惊得尖声怪叫。

先生来了,她着急地说:"怎么办?你看看,果实都掉下来了。"

先生就对她说:"你没看到吗?根断了。"

"为什么根会断了呢?"

"是我把它砍断的。"

太太真不敢相信:"你这傻瓜,怎么可以把根砍断呢?果实都掉下来了。"

先生却理直气壮地说:"对啊!树要照顾好它的根,人也一样要顾根本。我是父母生的,妈妈辛辛苦苦抚养我,你不能和我一起孝顺妈妈,等于断了根一样,如何结出好果实?"

太太一想:"是的,我错了。"从此,她懂得和颜悦色孝顺婆婆。一家人也非常和乐。

孝顺是做人的根本,根本若不疼惜,果实怎么会好呢?父母就像树根,我们是树身,上面的果实就像我们的孩子。你想,根断了,树会干枯,果实就会掉落,这是连带关系。

"父母是孩子的模",我听过有人称自己的父母"我那个老查某*"、"我那个老查甫*"(闽南语),真的是非常不敬。我们要自己的孩子孝顺我们、尊重我们,一定要先孝顺尊重父母,身教重于言教啊!

---

* 查某:即女人。查甫:即男人。——编者注

卷三

人皆我父母

今生与我们相聚的人，
都在过去无量劫中与我们互为父母子女，
人应广结善缘、抱持着孝敬天下众生的心念。

人生只有使用权

我们每个人都是父母所生,有很多人也为人父母。有哪个父母不希望子女成为社会栋梁?可惜现代社会有许多陷阱,造成失序的状况,像是家庭不和睦、年轻人为非作歹……当人心无法知足,无法反省忏悔,反而向外贪求名利、地位,脱轨失序的事情自然接踵而至。

这些在社会上作奸犯科的人,并不考虑父母的处境和心情,他们脱离父母的羽翼,在外结交朋友,迷惑于五光十色的环境,做事失去分寸,让父母担心害怕。天下父母心,父母总是担忧孩子在外会不会伤害了自己,或是伤害了别人,一旦道路走偏,违法乱纪,等于寄托在孩子身上的希望也幻灭了。

所以谈到如何孝顺父母,首先要自爱,能自爱的人,知孝道,行孝道,知道如何正确地走人生道路,一切善都是从孝道开始。假如不自爱,等于是忘恩负义,就是不孝,不考虑父母的处境,不在意有没有伤到父母心,让父母蒙羞。

在《父母恩重难报经》中,佛陀说,父母给予子女的恩德难报,即使"割其心肝,血流遍地,不辞痛苦,经百千劫",尚无法回报父母恩。因此,身为子女的我们,如何能不珍惜父母所赐予的身体,如何能背着父母,做出伤人伤己的事情。

佛陀说若真要报恩,必须"为于父母造此经典,是真报得父母恩也。……能造万卷,得见万佛。是等善人,造经力故,是诸佛等,常来慈护,立使其人,生身父母,得生天上,受诸快乐,离地狱苦"。经者,道也;道者,路也,佛陀指引一条正确的道路让我们走,"造此经典"指的是大家做到身口意三业清净,在日常生活中以虔诚的心力行佛陀的教法。因为身体源自父精母血,若能以父母生养之身来救护一切众生,是回报父母恩最好的方法。

不仅要守住自己的责任和岗位,还要运用所学与专长,以利益众生为前提,为社会、为人类付出心力,成就有价值的生命。也就是说,一般人会尽自己的本分去做事,但是有愿力的人在心灵上会又有一分涵养,他的一生不只为家庭、为自己的职业付出,还把这分爱从家庭再扩大到整个社会,从有代价的付出,再扩展到无价的付出,付出而无所求,就是化小爱为大爱。美善而有价值的人生,对于生养我们的父母来说,是最好的回报。

行于孝道的人了解"人生没有所有权,只有使用权"的道理。人来到世间,应发挥人身的功能,因为人生的过程中,有长有短,有轻安自在,也有百般折磨。这些不同的人生,都是在过去生死轮回中,已造就了"因"。我常说:生与死并不重要,最重要的是活着的这段人生,一旦生命结束,"万般带不去,唯有业随身";身体的生灭是自然的,非人所能控制,既然人无法预期明天,只能把握当下,充分利用身体,发挥良能。

一对母子的义行

我曾遇见一对母子,他们的义行令我非常敬佩和感动。某天清早我从屋里出来,进大殿前看到一部计程车开进来。有一位中年人先下车,很有礼貌地问清楚这里是静思精舍后,赶快去付了车钱,然后动作利落地扶了一位老太太下车。老太太看起来身体很健康,中年的先生则很体贴地扶着她。

晚一点,这对母子来见我,表达将来要把遗体捐给我们的医学院做研究。

我们一起谈话。老太太说:"我只有这么一个儿子。"我说:"有一个这么乖的儿子就够了。"她说:"这个孩子生下来两个月后,他父亲就往生了。"她很辛苦地抚养小孩,那时家境困苦,但她以勇气和坚定的意志把孩子抚养长大。这个孩子也很孝顺,没有令母亲失望。

后来,她又说起认识慈济的因缘。她的儿子一直以来都按照母亲的心意，默默地护持慈济。他们在《慈济月刊》上看到"大体捐赠"的报道，觉得往生后把遗体烧掉、埋掉确实很可惜，如果能留给医学院做解剖教学研究，应该更有价值。因此，儿子就向妈妈提议，一同签下"大体捐赠同意书"。于是母子相偕来到精舍。

老太太又对我说："儿子有时会说我好傻，有钱舍不得用！"我说："你儿子很乖，现在的孩子，有的都会嫌老人家乱花钱。"其实，老太太省下的钱将来都是儿子的，但儿子却告诉母亲："妈妈，孝养您的钱就是要让您去布施，布施之后才真正是属于您的。"这对母子真是令人羡慕，母亲一直称赞儿子孝顺，并时时流露出欣慰之情。

学佛要先学做人；待人处事能做得圆满，佛格才会圆满。而做人以孝为先，像这位儿子的孝心，就是发自内心最诚恳的大孝和大爱。

老人是宝

全球人口不断增加,灾难也愈来愈多。过去的人重视家庭伦理,孩子不敢轻易忤逆父母,现在,大多是父母跟孩子说:"对不起。"我常常看到年轻的父母,当孩子不高兴,就会跟孩子说:"对不起,对不起,妈妈刚才不小心!……"从前孩子对父母说的话,现在已经变成父母对孩子这么说。如此秩序倒置,实在很令人担心。

孝顺的意思,除了孝,要多一个顺,顺从父亲和母亲。现在的人,年长的父母如果多说他们几句,就会反驳:"你们老人懂什么?"或是要老人闭嘴,不要管那么多。

老一辈人的思想确实与年轻一代有些不同,但是亲子之间应该以智慧互相沟通。人最重要的就是沟通,孔子说,如果看到父母做了不该做的事,也要运用智慧,好好地一而再、再而三地沟通,如果沟通不了时,就暂时顺从他,不要硬碰硬起冲突,更不埋怨;在事相上可以不断沟通,在感情上,唯有顺从父母。这就是子女应该有的态度。

大家不要轻视老年人,有的人会说老了就是"老番颠"*,或说是失智老人,这对老人都很不公平。其实老人是宝,老人的人生宝库里资源很多。

有一回,我到台北,来自广慈博爱院一位八十多岁的老人家来看我。老人家每天凌晨两点就起床,打理好自己,就开始去烧开水,为其他行动不便的老人提开水,赚取微薄工资。他很节俭,没有搭伙食,自己简单煮点东西就解决了一天三餐。

问他:"你这么节省做什么?"

他说:"把钱省下来,给师父多买一些水泥,盖医院救人。"

---

* 老番颠:即老糊涂,有弄不清楚状况而颠三倒四之意。——编者注

我心疼他:"你年纪这么大了,不要做那么多。"

他又说:"活动!活动!要活就要动。"真是有智慧。

你看,这就是老人资源,他还能自由活动,觉得自己的人生很有用。他很有智慧,懂得付出救人。类似这样的老人,是社会很丰富的资源。

孝养普天下老者

父母爱子女是天经地义的道理,对孩子负责并付出爱也是理所当然。但学佛的人要从做人开始,就像水从上流下,回视自己的身体从何而来,反哺之恩就是孝道;孝是百善之源,有孝心的人,才是真正能行善的人。尤其是学菩萨道、学佛的人,就要先学大孝,视普天下众生老者如父母,对老人要有恭敬爱护的心,恭敬爱护就是孝——孝养普天下的老者,视如父母。

慈济成立以来,一直很关心老人,为老人付出,照顾他们。每个月发放那天,就会看到很多老人成群结队而来,领了给他们的救助金后,高高兴兴回家。这是慈济人孝养普天下的父母,让他们生活安定,放心地过日子,这也是学佛者行菩萨道的起步。

记得二十几年前在埔里,有一位中部地区最早的慈济委员,当时我为他解释慈济的理念以及佛教对社会扮演的角色,他听了之后很感动,于是勇敢地承担起中区会务。他很用心,也很有爱心,在埔里地区展开劝募和救济,对老人更是无微不至地照顾。

那时慈济功德会每个月都寄钱给他,让他购买米粮,运送到老人家里去,无论跋山、涉水,他都亲自送到老人手中。所以当地很多照顾户都非常感恩他,只要听到他的声音,老人就会赶快走出来欢迎他。

现在这类老人问题更多了。小家庭孩子少,有的出国留学就留在当地不回来,老人家即使经济没问题,却没有孩子陪在身边。

要解决这类问题,我认为教育非常重要,子孙知道孝顺,才不会放着老人不顾。除此之外,我更呼吁所有慈济人要深入社区,关心子女照顾不周的家庭,关怀没有子女的独居老人。这样子,慈济人的孩子"有样学样",知道要关心别的老人,以后就会关心自己年老的父母。

老者皆有所养,这不就是大同世界的实践!

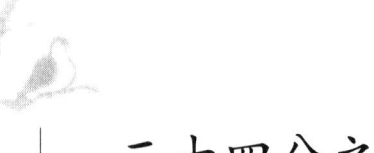

二十四分之一

现在的台湾丰衣足食,大家生活得很好,但人的思考反而变得很复杂,或是很幼稚,想得太多,很多杂念、烦恼,以致无法深入思考。这种复杂使我们的社会变得很不单纯,尤其是青少年问题。歌手殷正洋先生曾对我说,父母很爱孩子,但是不会表现,老是问他吃饱了吗?那"吃饱了没有"后面隐藏了多么深的爱。

不只是父母这样,连我也是这样,看到人就问:"你们用餐了没有?"这就是表示关心。台湾的孩子,父母常常问他:"吃饱了没有?"让孩子觉得很烦,但是我们看看世界其他地区,很多地方的人连饭都没得吃,什么都没有,那边的父母连问孩子"吃饱了没有"都不可能。实在是极端的对照。

我常觉得,台湾人民应该实际去做一些净化人心的工作,让大家的头脑简单一点,思想深刻一点。

父母二十四小时心里都念着孩子,关心孩子;孩子想着父母的时间,是不是能在二十四小时中占上一小时呢?闽南语有句俚语说:"老倒缩",父母愈老会变得愈小,愈老身体愈弱。身体愈虚弱,一日不如一日,到最后归零。如果等到父母老了、病了才知道孝顺,会不会来不及?

现在的年轻人,对孝道精神非常淡薄,他们是否愿意扶养自己的父母,实在是非常大的问题。即使愿意,也有实际的困难,因为现代医学非常发达,营养也很足够,老人平均年龄愈来愈高,孩子生少了,老人的寿命增加,将来一个年轻人说不定要扶养四个老人,或者六个,因为还有爷爷、奶奶。

未来是高龄化社会,年轻人的负担非常重,老人问题会一年比一年增加,如果现在不做规划,未来会是沉重的社会负担。所以我一直在思考,现在开始,应该用什么方法去落实、推动,来照顾老人。

我想首要还是教育子孙,让他们知道三代同堂那种反哺之恩,承欢膝下的天伦之乐。我们应该要推动这种精神教育,让每个家庭都有孝道的心态,每一个人都能"养儿防老"。

家家户户有志工

多年以前,慈济就已经将志工落实在社区,接下来要规划推动社区家庭孝道教育。我们可以多训练一般妇女,教育她们懂得照顾父母及公婆是自己的本分事,并且具备照护老人的常识。若是没有老人的家庭,平时不上班的家庭主妇有护理复健的概念,政府可以贴补一些钱,或是由需求家庭出资,请她们来照顾家里的老人。

另外,有的老人还很健康,我们可以带这些老人出来当志工,鼓励他去找邻居的老人聊天,互相关心、照顾,也可以鼓励他们一起在社区中做环保回收。既活动身体,又能保护大地,一举数得。

天下无难事,只怕有心人,只要有心,天下没有困难的事。社区有很多老人,我们多去关怀他们,鼓励他出来活动,生命力就旺盛,多用心带动社区,让人人都是志工,家家户户都是志工。如果能这样,左右邻居即使有老人,也不必担心没有人照顾,这是一个最好的方法。当然,这需要用智慧去组织。

老人问题是大家共同的问题,要知道今生此世和我们相处的人,都在过去生中与我们互为父母、子女,现在我们对人人好,也就是在对人人行孝道。如果每个人都能加强落实社区,家家都能有志工精神,户户都有志工,也就没有老人问题了。

家家是老人院

现代的社会随着人类寿命增长,慢慢转型为高龄化的社会,以台湾来说,目前社会福利制度尚未完备,使得许多老人得不到好的照顾。因此我一直提倡"家家是老人院"的概念。做父母的辛苦培养子女,都希望老了有所依靠,好的作法是努力净化人心,让每个人知道爱惜子女、培育子女是我们的责任,但是孝顺父母、供养父母,不只是自己的责任,更是理所当然的本分。

从媒体的报导得知,虐待老人的问题不断发生,看了很令人心疼。据报载,社会工作人员所发现的,仅仅是登记有案被虐待的老人,躲在阴暗角落尚未公开的虐待事件应该更多,因为大多数老人都有传统的想法,认为家丑不可外扬,当遭到子孙虐待时,通常不敢向外张扬,以至于虐待老人的事件愈来愈严重。

为了推广"家家是老人院"的概念,慈济人以身作则,除了照顾自己的长辈,每个星期还要到养老院关怀老人。每当慈济人问:"阿伯!你的子孙来看过你吗?"阿伯都说:"好几年了,很少来。"慈济人最起码每个星期看他一次;帮他整理环境,帮他洗澡,帮他推轮椅到外面晒晒太阳,还会与他们同乐。

有位慈诚志工,到一位八十多岁的婆婆家整理环境。因为屋里到处都是大小便,到了阿婆家,他就先把阿婆抱出来,请女性志工帮她洗澡;身体洗干净了,房子也打扫好了,再把阿婆抱回去。这位慈诚志工将阿婆放回床上时,阿婆还是黏着叫他再抱,他心想:已经晚了,我要赶快回去了!阿婆就是一直要他抱,但是话又说不清楚,后来才知道,原来是要尿尿,结果来不及已经尿在慈诚志工身上。慈诚志工一阵错愕,但他很快转念一想:"子女长大以后,很久没有这样的境界了!原来父母照顾孩子,从来不计较孩子的脏,父母的恩惠真是伟大啊!"

他满怀感恩。感恩慈济给他这个机会,让他体会为人子女要感恩父母,虽然自己的父母已不在人世,却能藉由照顾无依长者,回报这份恩情。

人医及时行善与行孝

另外一位阿嬷也是八十多岁,某天她摔倒了,被送到大林慈济医院,由骨科主任简瑞腾治疗。阿嬷开刀之后很不快乐,爱骂人,爱发脾气,家人都拿她没办法。那时是农历新年期间,由简主任亲自值班,他陪在阿嬷身边,一直到半夜阿嬷沉沉睡着了,他才回值班室。隔天一大早,又来看阿嬷:"昨晚好不好睡,伤口比较不痛了吗?"阿嬷就说:"比较不痛了,但是咳了一整晚。"

简主任关怀地问:"有没有把痰咳出来?"她说:"有啊,一直咳。"他拍拍阿嬷的背,"您咳了一整晚,我也替您咳了一整晚。"平常爱发脾气的阿嬷居然笑了,陪在身边的家人也很开心,他们说:"妈妈这十几年来没有笑过一次。"简主任问为什么?阿嬷回答他:"我要抚养五女二男,很辛苦,哪里笑得出来。"那现在为什么会笑了呢?阿嬷说:"医师这么好,比我的儿子还贴心。"医师一句贴心的话,让大半辈子没有笑容的阿嬷开心笑了。

简主任真是人医。有一回他很逗趣地说:"我要向师父忏悔……快过年了,我接到妈妈的电话,她说,'有人到家里送萝卜,送菠菜,送水果,没有红包。我收下来了,你要在医院好好做喔!'"真是可爱的妈妈,病患痊愈后,送来应节礼品感恩医师,妈妈收下了这份心意,回头敦促儿子要更用心照顾病人。儿子的好医术,令母亲与有荣焉,这是最有价值的礼物。

前述的慈诚志工和简瑞腾主任,他们尽到的也是孝道;天下众生皆我父母,志工尽志工的爱,医师尽医师的医道,这就是及时行善及行孝。

真正的菩萨,不只是付出,还要无所求,还要感恩对方,有这种感恩,心中才能生起法喜。看到老人家满面愁容,就尽心逗他,无非是让他笑一笑。只要老人家轻轻一笑,我们就心花怒放。把普天下老者当成自己的父母,这种大孝的心是最美的。

大爱解开链锁

母亲在生儿育女之前,也曾拥有青春的容貌,但既为人母之后,为子女日夜操劳、废寝忘食,很快地就憔悴了,损坏身形也在所不惜,所谓"只为怜男女,慈母改颜容"。子女有病痛,最心痛的是父母,最担心的也是父母,但父母生病了,子女是否能像父母一样,无怨无悔的照料?

曾有一个个案非常可怜,这位母亲生育后做了结扎手术,不知何故开始精神异常,起初情况轻微,后来愈趋严重。先生在世时,还会照顾她;父母在时,还会关心她,但是慢慢的,人事凋零,父母和先生相继去世,她也就乏人照料。

女儿虽然孝顺,女婿也愿意照顾她,但是她的精神状况已经严重到连自家人都攻击,子女很无奈,只好把她关在一辆小小的发财车里。尽管如此,仍无法制止她的攻击行为,只好再把她链住,一切生活起居都在小车子里,这样经过了几十年。

直到附近一位慈济会员,通报这个个案给慈济,慈济人前去居家访问。

这个家庭一直很封闭,并不想让别人知道家里有这样一位老妈妈。但是慈济人还是发挥耐心、爱心,不断表达善意。刚开始,慈济人要接近这位全身脏乱的老妈妈,她还会攻击人,不过慈济人总是用真诚的爱,慢慢一步一步地接近,一步一步地安抚,一步一步地贴近她的心,给予肤慰,渐渐取得她的信任,平抚她的情绪。

现在,慈济人已经可以靠近这位老妈妈,帮她清理身体、剪头发、洗澡等;她攻击人的举动也已经缓和下来,就把她的链子解开,带她踏出了小车子外,在外面晒晒太阳。经过慈济人不断地陪伴,她会笑了,也会和人对谈了,就像从炼狱里再回到人间一样。

慈济人不嫌脏、不嫌乱,也不担心被攻击,他们秉持着"众生皆我父母眷属"的理念,用爱心,解开了这户人家捆绑了几十年的枷锁,再次证明了爱的力量真伟大。

报恩与感恩

从前的社会是大家庭的形态,人们谈起孝道,总是理所当然;现在的社会流行小家庭,儿女长大了就各自嫁娶,总是留着老人在家。很难再听到孝顺父母是应该的,听到的都是长大娶妻搬出去是应该的;父母老了无法自己生活,送父母去养老院是应该的。

中国大陆实行一胎化,孩子是家中的小太阳,大人把孩子宠成了小霸王。时代的变迁,人心不古,台湾不也是这样吗?作父母的常说,"我不能太晚回家,孩子要读书,如果不陪在他身边,他的分数就不保了。""孩子要带便当,为了要煮什么菜,很伤脑筋。"这种现代"孝子",是父母孝顺孩子,而不是子女孝养父母。

为什么过去"孝顺是应该的",现在另外一种形态也叫做"应该"?

最好的"传家宝典",应该是教育下一代懂得"报恩"与"感恩"。父母生养子女,老来儿女应该回报,这是自然的循环。让父母天天快乐,天天欢喜,让父母没有忧虑,这是报恩;让父母感到我有这个孩子很光荣,这也是报恩。年轻人懂得自爱,不做错事,不加添父母的烦恼,这就是报恩了。

那么,什么是"感恩"呢?感恩就是要付出,因为你的身体是父母给的,父母给予的身体,我们虽然都没有"所有权",却有"使用权",善加运用,造福人间,这就是功德,也就是感恩。

看看全世界的慈济人,每天都善用自己的身体,力行报恩与感恩。自爱是报恩,付出是感恩,人人能做"普天三无"——普天下没有我不爱的人、普天下没有我不信任的人、普天下没有我不原谅的人,若能如此,普天之下这个大家庭不就是最温暖的家吗?

付出大爱尽大孝

每个人来到人间,都离不开生与死,以佛教来说,每个人有永生不灭的"慧命",也有分段生死的"身命","慧命"永无生灭,它绵延不断、不增不减,而"身命"却是分段落的,有些人活到七十岁,有些人活到八十岁,不论时间长短,总有一天会结束。真正的修行者并不看重"身命",重视的是努力修得的"慧命"。因此,欲报亲恩,不仅要孝养父母,更重要的是行大孝,充分运用我们的生命使用权。

天下父母心,从不求子女给他们多少物质生活,只求给予他们一个"不担心"。像是有一位林居士,在进入慈济之前,曾经当过老板,非常风光,他认为要应酬才有生意做,所以几乎每天都喝得醉醺醺才回家。

但是整天应酬,脾气变得很不好,身心失调,不仅身体醉茫茫,不由自主地还会将坏脾气加诸家人身上,过着颠倒的人生。后来景气变差,公司经营不善,留下了一堆负债,债务的问题使得兄弟姊妹对他产生误解,说他败光了父亲留下来的家产,对他很不谅解。在各种压力下,这位林居士曾经想要轻生,后来经过太太的智慧辅导,终于放下身段,到彰化荣民之家工作。

十多年前,他的太太曾经跟随中部的慈济列车来到花莲,就这样投入了慈济。对于先生的遭遇,她不仅不埋怨,还从旁协助他,带领他读《静思语》,慢慢的,这位林居士在医院里看到了许多生老病死,体会人生无常,最后在太太的鼓励下,投入了慈济环保志工。他常一边做事一边听《渡》录音带,听到了许许多多师兄师姊们的故事,慢慢体悟到不一样的生命价值与意义。他了解到健康的身体不是光会赚钱,光会应酬,健康的身体可以做好事,可以为人间多付出。他开始参加见习、培训,后来成为正式的慈诚队员。

加入慈诚队,他更了解为善、行孝不能等。他的父亲已经八十多岁了,虽然有兄弟姊妹可以轮流照顾,但是为了回报养育之恩,他自告奋勇,一个星期照顾父亲五天,而且是真诚的付出。于是兄弟姊妹开始对他另眼相看。

慢慢的,他在兄弟姊妹间重建了自己的形象;在爸爸的心目中,他更是一位孝顺的儿子。他的父亲说:"我儿子自从走入慈济之后,他改变了,变得忠直、义气。"他以这个孩子为荣。

看这位林居士,懂得付出大爱,同时也尽了大孝,他在太太的辅导与慈济人的引领下,了解父母赋予我们生命,最重要的是要充分运用生命使用权。在这个过程中,他自爱自重,让家人、父母重拾对他的信心,也得到了他人的尊重。

在一个家庭中,为人父母要时时警惕自己,对于孩子来说,父母犹如一片天,天气调顺,家庭才能繁荣,成为儿女的好榜样。反之,如果不注意自己的行为举止,喝酒、纵欲,让家庭天天"刮台风",风不调、雨不顺,自然会损坏家庭。总之,家庭天气要调和,人的脾气也要调顺,身心要健康,就要有发自内心最诚恳的大孝和大爱。

回馈父母最好的礼物

谈孝道,最重要的是为人子女者要把握孝顺父母的因缘,避免"子欲养而亲不待",还要发挥大孝,做到"老吾老以及人之老,幼吾幼以及人之幼",视普天之下老者皆如我父母,年纪相当的如自己的兄弟姐妹,年幼者如自己的子女。最后,发挥生命的使用权,增益个人的慧命,才是回报亲恩最好的方法。

每年暑假,许多慈青菩萨、慈少菩萨都会参与志工服务,其中有些慈少菩萨,他们的爸爸、妈妈都是慈济人,来到这里自己做过之后,才知道他们的父母为什么天天那么忙、到底忙些什么,又有什么意义。而他们的父母,看到子女也加入志工行列,真是最欢喜的事。这些慈少菩萨能参与志工服务,自爱又付出,用爱去关心别人,同时让父母亲放心,这就是报恩与感恩,更是回馈父母最好的礼物。

"我的命是你给的!"

相较于一些青少年在外惹是生非,让父母操心,却也有具足智慧的年轻菩萨。多年前,一位就学中的捐髓者,即懂得"善用生命使用权"的道理。

当时,有位十六岁的魏小弟弟需要进行"骨髓移植"才能救命,父母用尽心思,花了很多钱,甚至远到国外,还是找不到可以相配的骨髓。最后终于在慈济的骨髓资料库里找到了,而且还找到两位。第一位被通知的人,很发心愿意捐赠骨髓,但是受到亲人阻挡,临时放弃了,只好再紧急通知第二位。第二位是一位台大的女学生,当她接到通知,一口就答应了,不料母亲获知后却大力反对,不敢让女儿冒险。但是这个女孩很有智慧,记挂自己是对方救命的唯一希望,于是瞒着母亲,由哥哥陪伴,顺利完成捐髓。

捐髓隔天就是母亲节,她很快出院,回家帮妈妈做家事。妈妈一点都没感觉女儿有什么不同。

受髓的魏小弟弟,血型原本是 O 型,接受这位女学生的骨髓不久,身体恢复了造血功能,血型也变成和捐髓者相同的 B 型。

痊愈后的魏小弟弟一直期盼能与捐髓者见面,想要当面感谢,经过安排,他终于见到了女学生,两个人拥抱在一起,魏小弟弟说:"大姊姊,我的命是你给我的!"一旁女学生的母亲内心悸动,这时也忍不住说:"对不起,我很惭愧,很忏悔,当初女儿要捐髓我还阻挡她。现在我要感谢女儿择善固执,她做对了,若不是她这么执著,我会后悔一辈子。"女学生母亲的这段话让在场的很多人都哭了。

还有一位捐髓者,小时候曾经被滚水烫伤,造成很大的疤痕,同学都会笑他是魔鬼,所以他很自卑。但是他有一位伟大的妈妈,即使卖掉房屋也要治疗他,终于在妈妈爱的呵护下,勇敢地面对社会。他也捐赠了骨髓,成为爱心菩萨。

抽髓时,医护人员看见他全身都是伤痕,一路成长确实是受尽折磨。而他长大了,也很孝顺妈妈,还有充分的爱心。多美啊!虽然曾经受过灾难,他不放弃自己,这是真正的回报父母恩。

真正的孝子

《父母恩重难报经》中有云:"为于父母,受持斋戒;为于父母,布施修福,若能如是,则得名为孝顺之子。"人之所以造业犯过,都是源于不能把持一念清明,不到一秒钟的时间,都可能使人犯下终身遗憾的错误。所以身为佛教徒,身为子女,我们要时时戒守自己的身行,照顾好自己的心念,替父母多布施、多种福田、广结善缘,才是真正的报答父母恩,成为孝顺的子女。

佛陀在世时,有一位长者,他是很虔诚的佛教徒,深知回报亲恩的方式要供养三宝、受持斋戒、布施修福,所以他发了一个愿——一年之中,至少要办一次供僧大会,供养佛陀与僧团。几年来,他都依愿实行。

长者对佛陀的教法谨慎守持,做人的规矩、学佛的方法,他都拳拳服膺,并以身教来教育他的儿子长者子。他常常告诫儿子,做人不要计较身外财物,最重要的是守志奉法。

他又告诉儿子:"不论对佛陀或僧团都要起恭敬心,并尽所能供养。希望你能继承我的志愿,永远恭敬、供养三宝。"

过了几年,长者过世了,儿子也长大了。长者子依照父亲的遗志——每年腊月初八,一定备办饮食,供养佛陀和僧团。

长者子继承父亲的事业,但是规模却一年不如一年,尽管如此,他供养僧团的行为和心念毫无退减,还是如昔举办。又过了几年,他经商失败,日子过得很困难。

这一年,佛陀眼看腊月将近,请目犍连尊者去拜访长者子,看看腊月初八的供僧会是否如常举行?长者子见到目犍连尊者,随即很诚恳地告诉尊者:"请佛陀及僧众们一样在八日这天光临敝舍,我希望能依照父志继续举行供僧会。"

目犍连尊者很佩服长者子心意坚定,回去如实禀告了佛陀。佛陀面露笑容,点点头说:"真是一位守志奉道的人。"

长者子待目犍连尊者回去后,就对夫人说:"腊八快到了,你能不能回娘家借些钱,我们先将这次的供僧会完成。"

他的夫人也很贤惠,回娘家借了一百钱。为了迎接佛陀与僧众的到来,两夫妻将家中里里外外清扫一番,结果在角落发现了一个地洞,但是时间紧迫,夫妻俩还是先专心做准备工作。

腊月初八这一天,佛陀带着僧团来了。长者子夫妻俩虔诚供养,佛陀也很欢喜为他们祝福,圆满结束供僧大会。

僧众们离开了,这对夫妻收拾善后,才去看地洞里到底有什么东西?经过一条通道,发现里面藏了很多宝物,金银财宝一瓮瓮的放在那里。

他们非常惊讶,长者子就对太太说:"这些东西不知道是谁的？我们快去请示佛陀。"夫妻俩赶到佛陀面前，说明了发现地洞和财宝的经过。

佛陀微笑地说："不要怕，这是祖先留给你的。因为你能继承父志供僧，所以消除了过去生的恶业，得到今生的善福，脱离贫穷得到财富。这份因缘你要好好把握！"长者子夫妻十分欢喜，信受佛陀的祝福与教示而去。

这则故事告诉我们，人人应该信受奉行父母的教诲，守孝奉道。能够专心一致做好本分事，将佛陀的教法用在日常生活中，这就是守"孝"奉"道"。

卷四

新二十四孝

古有二十四孝,现代有新二十四孝,
时代推移演进,孝顺的心依然不变。

在古代有二十四孝:"虞舜孝感动天"、"卧冰求鲤"、"戏彩娱亲"、"打虎救父"、"黄香温席"、"亲尝汤药"、"卖身葬父"……这些故事讲述的都是古代孝子如何孝顺父母。然而随着时代推移,孝顺的心不变,故事却不相同。

在本卷中,搜罗了许多现代孝顺新典范,大多数是慈济志工做关怀肤慰时的个案,在贫困的生活中,这些现代孝子仍然以和颜悦色、任劳任怨的态度照顾父母;还有一些是成功的企业家、医师,尽管事业忙碌,仍然亲自侍奉父母,不假他人之手。

谁说现代无孝子?端看自己是否用心体会父母的爱,以行动实践做人的本分,回报浩荡亲恩。

一心一志的媳妇

有一位年轻人被抓去当军伕,父亲无奈地送他出门,在儿子的包袱里放了一个大饼和四件换洗的衣服。老父亲把儿子送到军人集中的地方,才依依不舍地离去。

从那天以后,这位父亲每天都会来到和儿子惜别的地方等待,盼望孩子有一天会回来。而事实上,他的儿子已经战死沙场了。这位老父亲不知情,仍然天天去等,二十年来风雨无阻。

他的媳妇知道先生战死的消息时,怀有一遗腹子,听到噩耗,她真是痛不欲生,但不忍心将这残忍的事实告诉公公。公公每天都等着要接儿子回来,她看了内心多么难过!于是,媳妇每三五个月就请人帮忙写封信回来,当作是丈夫写回来的信件。公公收到信后就会比较安慰,认为有信回来了,有一天儿子也会回来。匆匆岁月二十年,媳妇保持着这份孝顺公公的心意,也含辛茹苦把遗腹子——女儿抚养长大了。

这虽是一场虚幻的安慰,却很感人,感人的是父子的亲情,更感人的是这位媳妇的孝心!她结婚不久,刚有身孕,先生就离家,她却能守住家庭,把女儿生下来,又明知先生已战死沙场,却仍然一心一志孝敬公公,还想尽办法让公公安心,实在很令人感动。

捐肝救父

虽说人生总有生老病死，但是对于一个靠劳动收入维持的家庭来说，一旦有家人生病，负担是很大的，很容易陷入"贫贱夫妻百事哀"的窘境。唯有依靠坚强的信念，才能度过危机。

有一位住在桃园的郭先生，家中四代同堂，他和爸爸两人在自家田地务农，维持生活所需。由于父亲常年辛苦，积劳成疾，罹患肝病，医师说唯一能治愈的途径就是换肝。虽然现在医学科技发达，但是换肝，不仅医疗费用昂贵，肝脏的捐赠来源也很困难，最好是亲人的肝，才是最符合、排斥最小的活肝。

这位郭先生已结婚娶妻，没有其他兄弟姊妹，一人要撑起家庭的生计，但是他毫不犹豫，主动愿意捐出三分之二的肝给爸爸。捐肝之后,他还是挑起照顾家庭的重担,在田里工作,丝毫不以为苦。

我想他一定有个坚定信念支撑他,就是那一念孝心。现在他已经有孩子,长得非常可爱,父亲的身体也逐渐康复,可以含饴弄孙,帮他照顾小孩,父慈子孝,家庭和乐。

父母一生的拖磨都是为了孩子,年老了,病了,而孩子长大了,他能回头救父亲,这是人伦最美的循环。

背着母亲去旅行

大陆上有一位姓王的孝子,他的母亲出生于一九〇三年,高龄一百多岁。母亲三岁时被家人卖掉当童养媳,之后她一眼失明,养父母将她弃养街头,想让她自生自灭,幸亏她命大,养父母只好将她抱回来,却仍然甚少怜惜。

直到十七岁,她和养父母的儿子成婚了,但是结婚不久,先生的身体开始走下坡,经常卧床不起。而她孩子一个接着一个生,总共有九个子女,可以想象她有多苦,一方面要照顾卧病的先生,还要照顾九个孩子。幸好她的儿女都知道母亲的苦,尤其父亲过世后,母亲一个人含辛茹苦养大了他们,所以儿女们都非常孝顺。

在母亲老年的生活里,子女中的王先生最常陪着妈妈、背着妈妈,在村子里走动,和颜悦色地对待母亲。村民都被他感动了。有一年,这位妈妈问起儿子外面的世界,王先生知道妈妈从年轻辛苦到老,她对外面的世界有一点好奇,有一点兴趣,所以他下定决心,要陪伴当时六十岁的妈妈到各地旅行。无奈家庭贫穷,这个梦想无法实现。

一直到了妈妈九十多岁,妈妈还是问起外面的世界,于是,王先生决定向合作社贷款,完成妈妈的心愿。人家问:"你那么穷,没事借这些钱要做什么?是不是要耕田,还是……"

"我想带妈妈出去外头看一看。"大家听了都觉得不可思议!但是他的孝心感人,合作社同意借他三千元;有一些亲戚、朋友知道他这一份孝心,也凑了一笔钱借他,总共五千元。

他有了这五千元,就用苦行僧的方式,背着妈妈,踏上了旅程。他们到南京,去看长江大桥、中山陵等,妈妈很开心。到了二〇〇二年,妈妈又问儿子:"北京的天安门,跟南京的长江大桥,哪一个好看?"因为她在电视上看到了北京,所以好奇地问起儿子这个问题。儿子知道妈妈的意思,尤其妈妈已近百岁了,他觉得时间不能等,再度规划陪伴妈妈上北京。要上北京,当然要筹措一笔钱,但天下无难事,真诚的心还是让他达到了上北京的心愿。

由于他和母亲相差三十九岁,因此第一次到南京时,他也将近六十岁了。他的这份孝心引起媒体的关注,有一位德国的记者,看了实在非常感动,赞叹他们是"安徽世纪老人"。

这就是现代的孝子!真希望普天之下的人,都能像王先生这样和颜悦色对待母亲。

互爱着彼此的所爱

在现在的社会,尤其是西方国家,大部分的人都会将长辈送到老人院,所以有人说,美国是少年的天堂,是青年的战场,是老年的坟场。但是,慈济北加州人医会的宋亮生医师不然,他们夫妻以身作则,善尽孝道。他们夫妻很恩爱,而且会互爱着彼此所爱的人,因此将家庭经营得很美满。

宋医师的妈妈八十一岁,有一点老人失忆症,所以不论是洗澡、更衣、喂饭等,都由宋医师夫妇轮流照顾。平常上班时间,太太为了让宋医师无后顾之忧,专心看诊,婆婆由她照顾;有了休假,宋医师会体贴太太娘家的父母也老了,要太太回家陪伴父母,妈妈就由自己照顾,或是带着妈妈一起参加慈济的义诊活动。妈妈总在一旁坐着,眼睛始终看着他,而他就对其他的医护人员说:"这是我妈妈,我是妈妈的保姆。"这个家庭夫妻互爱,彼此爱其所爱,真的很美!

宋亮生,真是"亮丽人生",不仅实践了志为人医的理念,在家庭中也尽到了为人子的责任。他的儿女对于父母的表现看在眼里,也同样很孝顺,学着父母对长辈那样孝顺,这不就是最有智慧,懂得感恩大爱的人生?

现在的父母只求孩子平安,不敢要求孩子孝顺,过多的爱导致孩子不懂得伦常道理,甚至不懂得自爱,往往一念之差做出伤人伤己的事,也伤了父母的心。所以,人生真的要重教育,家教、社教、学教,不只是学校的教育,整个社会的教育,重要的是家庭的教育,大家一起努力,愿人人都能过着亮丽的人生。

用心和行动报答父恩

有一位何居士提供一大片位于台中大业的土地,让慈济作环保站,那块土地位于黄金地段上,附近高级住宅林立。

之所以提供这块地,主要原因是他的爸爸突然往生,期间慈济人用心用爱去陪伴,让他很感动,并且梦见爸爸要他"回报"慈济人,因而开启他进入慈济的因缘。而后更与多位家人一起投入慈济环保工作。

何居士原本爱好杯中物,度过十多年迷茫的人生,家人放弃,婚姻出现裂痕,身体健康也受到影响,严重痛风造成他行动不便。

但爸爸的往生,唤回了他的纯真善性;投入环保回收工作,则在汗水、劳动中,让他重新寻回清醒、健康的生命。现在，他不只是人投入，还捐出环保车，自己也常开着环保车穿梭大街小巷，继续接引人共襄善举。有感于当地回收量大，却无足够的置放地点，于是何居士与家人商量，提供出土地，让更多人一起来投入。

证严法师的慈教："行孝与行善不能等"。何居士体会人生无常，唯有把握当下，做该做的每一件事。爸爸走了，妈妈形影更孤单，于是他每天晚上一定回到老家，亲自准备晚餐与妈妈共享。

何居士以发心和行动来回报父恩，用父亲的生命换取了他与家人的慧命，如今一家和乐，这就是孝。

孝悌之门

在台北新店的慈济医院里,有一位六十多岁的病患王老先生。他年轻的时候吃了很多苦,为了要抚养一群孩子,别人做一份工作,他要做三份工作,又背负债务,一路走来非常辛苦。幸亏儿女们都知道父亲的苦,知道父亲的付出,所以这一群孩子知恩、报恩,将父亲照顾得很好。

现在这个家庭的经济改善很多,但是子女们照顾父亲从不假手他人,没有请看护照顾,五个兄弟轮流排班。他们照顾父亲时总是轻声细语,一家人都做到孝悌,真的很难得!

从二〇〇四年起,王老先生常常感觉身体不舒服,在基隆某家医院进进出出,医师的诊断都说并无太大问题。直到儿女们感觉不妥,换了医院检查,才检查出来老先生已是胃癌末期,要安排开刀。就在开刀前一天,王老先生突然中风,大儿子赶紧帮老先生转院到新店慈济医院。

住院期间,慈院的医疗团队用耐心协助王老先生做复健。他的子女在父亲治疗的过程中,不仅对医师非常尊重敬爱,对父亲更是呵护备至,令人充分感受到这一家人彼此之间的关爱,和乐融融。

谁说现代无孝子?这就是现代孝悌之门啊!

照顾瘫痪母亲的小孩

二〇〇四年,印尼慈济人下乡义诊,其中一站是当格朗县的小村庄。义诊期间,一位印尼妈妈来向慈济求援,原来她从亲戚那里获知慈济的信息,因此把握唯一的机会,向慈济求援。

她花了两天的时间,一个字一个字辛苦地写下她的情况。信寄出去了,不久,真的有慈济人出现在门前,开始了第一次接触。也因为这样的因缘,我们得见三个孝顺的孩子。

这位妈妈已生病四年多,先生是建筑技术人员,原本家庭状况小康。不料,一个下雨的日子,她不小心跌倒,从此身体逐渐僵硬,无法自由行动,看遍了医师,却都找不出她的病因。

生病之后的几个月,先生开始借口有工程要到外地去,一去就是三个月;三个月后回来,只交给她印尼币两万五千盾,折合新台币六十几元,最后索性不回家,人不知去向。

这位妈妈真的是无语问苍天,好在三个孩子都很乖巧,他们体恤妈妈的苦,所以很争气、很孝顺。妈妈的生活起居,都由三兄妹照顾,最大的男孩十六岁,平日除了照顾弟弟、妹妹,还要协助妈妈的起居。男孩知道妈妈得的是一种怪病,于是立志将来一定要读医科,才能治疗妈妈的病,所以他非常用功。

每天回家时,三个孩子先打理妈妈的生活,洗澡、喂食、洗衣服。晚上由妈妈指导他揉面粉、搓汤圆,隔天一早下油锅炸好,拿到村里的店家托卖,然后才去上学。村里的小店同情这个家庭,空出位置让他摆,孩子上学回来再收,能卖多少算多少。

在学校有休息的空当,别的孩子都在玩耍,男孩和弟弟、妹妹就会赶快跑回家,看看妈妈有什么需要,帮妈妈翻身,或是抬妈妈坐到轮椅上。三个在寒门中长大的孩子,生活是那样坎坷,被爸爸遗弃,妈妈得了罕见疾病,他们还是自立自强,实在不容易!

慈济接到了这位妈妈的求救信,很快地安排他们一家住进雅加达大爱一村,同时接送这位妈妈每星期两次至大医院看病复健。慈济村的门诊部,也天天为她复健,减轻了孩子们的负担。

这样的孩子,值得我们陪伴与栽培,这是一个有希望的人生。

孝的模范家庭

一九九一年大陆华东地区发生水灾,慈济第一次踏上安徽省全椒县,在官渡乡这个地方建了第一个慈济村。在这个慈济村里,有一户人家的门楣上钉了一块"新风户"的牌子,原来就是台湾所谓的模范家庭,受到了省府的表扬。

这个三代同堂的家庭虽然清寒,但儿子、媳妇都非常孝顺。尤其是媳妇,是一个勤俭的好媳妇,她很孝顺,每天陪着中风的婆婆出来散步,这是她帮婆婆复健的方式。婆婆的一只脚已经不灵活了,她在婆婆的脚上绑了一段绳子,每走一步,就帮着把婆婆的脚拉起来,让她向前,这样一步一拉搀扶行走,每天陪伴着婆婆。每一餐煮好饭了,就先喂饱婆婆,服侍得很周到,轻声柔语的肤慰,像是疼爱自己的心肝宝贝一样。

这样的家庭,不只是疼惜婆婆,媳妇料理完家务后,对子女的教育也非常重视。

这个家庭清寒,只靠男主人一人挣钱,虽然还有一块贫地,但是一年的收成,大约只有人民币一千多元。还好他们搬进了慈济村,里面有慈济小学、中学到高中,孩子读书不成问题。

看着爸妈这么辛苦,大女儿一度想要休学,打工帮忙维持家计。但是爸爸认为不宜,他说自己会这么辛苦,就是因为没知识,所以"穷不能穷教育,苦不能苦孩子",无论如何,拖了老命也要让孩子读书。

后来大女儿从滁州一所技术学院建筑系毕业,妹妹则考取医学院,弟弟也上了慈济高中。问小女儿为什么习医?她说,奶奶身体不好,将来父母年纪也会愈来愈大,自己上了医学院,除了可以救人,也可以照顾自己的长辈。

如此以孝传家的模范家庭,真正是富贵的家庭,心灵富足,品行富贵,所有的伦理道德都在他们心中。贵,是贵在他们的志气,他们立志立愿,坚定未来的人生方向,令人看了心生敬爱,这就是贵。

一肩扛起家庭重担

慈济志工经常到偏远山区关怀原住民*同胞,经由家访,了解他们的生活及需要。在探访的过程中,他们结识了一位陈姓原住民青年,这个孩子二十一岁,是家中的独子,妈妈四十多岁了才生下他。这个孩子很懂事,很上进,被保送到台南一所技术学院,学的是室内设计。

三年前他的父亲罹患心脏病同时中风,不能言语,瘫痪在床。这个孩子非常懂事,他知道爸爸病倒了,妈妈年老,他是家中唯一能承担生活重担的人,所以自动休学。妈妈并不同意,得知孩子已偷偷办理休学,受不了刺激而昏倒,最后还是认清现实,接受了孩子这份孝心。

---

* 原住民:指在某地方较早定居的族群。——编者注

这个孩子真的很孝顺,他到外面打工,下班一定赶快回家照顾爸爸,让妈妈喘口气。即使在服替代役期间,也会利用时间回家帮爸爸清洁身体,再赶回服役单位,孝心不曾间断。

目前,他的工作还不是很稳定。因此,慈济志工持续陪伴着这个家庭,给予支持与肤慰。

"古圣先贤孝为先,万善之门孝为宗",有了孝顺,家庭才有天伦之乐;有了孝顺,家庭才有希望。这个孩子能知恩与报恩,未来一定有希望。

感恩的李居士

慈济有一位李宗吉居士,是现代孝子的新典范。他生于抗战时期,小时候家庭贫困,父亲早逝,大哥也很早就夭折了,家里三个姊姊嫁人,只剩下母亲、小妹和他三个人。为了躲避日本人强烈的压制,一家三口至鼓浪屿投靠亲人,那里属于租界地,任何飞机不能随意轰炸。收留他们的人生活很富裕,但是李居士的母亲认为,只要能活下来就好,穷不要紧,绝对不能接受别人经济的施予。

李居士读小学时,功课非常好。考上中学时,需要注册费六块钱,他的母亲拿出手镯典当、向人借钱都行不通,李居士无法升学,只好去做童工,担任学徒。才十几岁的孩子,为了不增加母亲的负担,他甘愿把心爱的书本全都烧掉,下决心承担家计。

老板见他老实又认真，几次故意把钱乱丢，要试验这个孩子。李居士真的老实，无论在哪里捡到钱，一元、五角都会赶快拿去给老板。经过长久观察，老板觉得这个孩子很努力、很忠厚，将来肯定成功，就决意栽培他，带着他至世界各国行船，让他体验不同的经验。无论掌厨或是行船，他始终辛劳地工作，守住他的本分，后来辗转来到台湾，成为一家船务公司的创办人。

不只是事业成就，他的孝心永远不变，他将母亲接来台湾照顾。后来公司业务蒸蒸日上，他如愿买了大船。大船要开航了，一般大船开航，不是请大官、名人就是请明星剪彩，但是李居士说："在我的心目中，最光明的星星就是母亲，我最尊重的人也是母亲，所以大船要以母亲的芳名命名，并请母亲主持开航典礼。"

这种饮水思源的精神，在现代社会愈来愈少有！百善孝为先，他守住孝道，在事业成就时，对待母亲更加尊重敬爱，即使母亲过世了，仍天天风雨无阻到母亲的墓地打扫，说话给母亲听,陪伴着母亲。

这就是他人生的宗旨。为了做一个不让母亲操心的人,他在生活中对自己的要求很严格,是一个自爱的人。我常说"自爱就是报恩",李居士确实足为孝悌的典范。

扛起家计的弱智儿

有一位弱智儿出生于贫困家庭,父母生了三个儿子,一个儿子给人抚养,一个不成器,到了父母年老时,所能依靠的就是这位弱智儿。

为了赚钱贴补家用,这位弱智儿会出去打零工,后来妈妈罹患癌症,他只好留在家里专心照顾妈妈。这位妈妈在慈济医院住院,慈济志工因此发现这个个案,主动表示关怀,才发现这个家庭不只是需要医疗上的照顾,也需要家庭的辅导。

弱智儿的妈妈生病,爸爸脾气十分暴躁,不成器的大哥对家里没有任何奉献,给人抚养的二哥头脑很好、学历很高,但不曾回来探望过这个家。这样的情形下,他还是无微不至地照顾妈妈,每天都会帮妈妈洗澡,洗得十分干净,还常常搂着妈妈。母子之间的体贴,让人很感动。

不久,妈妈往生了,慈济志工还是持续去探望他。有一天,他的爸爸当着大家的面炫耀:"我有一个儿子是读研究所耶!"听到爸爸又在夸奖学历高的儿子,他冷冷地说:"哼!读到研究所有什么用,爸爸生病又不会回来看,也不关心。"爸爸听了不发一语。

事隔不久,他爸爸中风了,又送来慈济医院,结果命是救回来了,但是要长期复健。医师对弱智儿说:"爸爸要时常起来做复健,以后才会走路。"他照着医师的话请爸爸做复健,但是脾气暴躁的爸爸很不配合,会生气骂他,甚至伸手打他。他不以为意,很耐心地陪伴,爸爸骂他时,他就笑笑,如要打他,他就闪一下。

有一天他爸爸又发脾气了,他赶快跑出来,向志工说:"拜托跟我爸爸说一下,安抚安抚他,别再生气了。"志工安抚爸爸之后,就问弱智儿:"爸爸那么爱骂你,你会生气吗?"他说:"不会,要气什么,爸爸生病,心里会郁闷,我愿意做他的垃圾桶。"志工问:"你要做爸爸的垃圾桶?那你是用焚化炉烧掉的吗?"他说:"我是用清水把它冲洗掉的。"

这个弱智儿很有智慧,他讲话时,旁边的人要很仔细地听,才能听得懂他说什么。但是他有那么高的智慧,爸爸骂他,他不生气,愿意做爸爸的垃圾桶;爸爸心里有什么烦恼,垃圾可以倒给他,他愿意收起来,用清水冲掉。这就是"大爱",孝顺父母无怨无悔,照顾父母任劳任怨。

一般的人对父母能做到这样吗?父母一天到晚对我们发脾气的时候,我们可以欢欢喜喜接受吗?不妨问问自己。

善解包容的阿里山少年

很多人都说,要有好的环境,才有好的教养,其实也不一定,有一个阿里山少年在山里的世界中成长,只有阿嬷和他相依为命,物质生活虽然缺乏,但是他很知足,能做到善解、感恩与包容。他拥有一颗很单纯的心,对于学习很有热忱,即使每天上学来回要步行两个多钟头,还是很认真、很用功的学习。

他的妈妈是外籍新娘,原本抱着希望嫁到这个家庭,期待来台湾能过好日子,不料,孩子的爸爸脚有残疾,家庭也不富裕,又住在物质缺乏的高山上。所以在他出生后不久,妈妈就弃家而去了。

但是这个孩子并不埋怨,如果别人问他:"妈妈怎么不要你?"他都会笑笑地回答:"妈妈有苦衷。"他知道一心为他付出的是阿嬷,他不只不埋怨妈妈,还感恩阿嬷。

他看到阿嬷一年一年老了,背也驼了,他想争取时间来回报阿嬷。所以放学回来,他先把功课放着,第一件事是帮阿嬷把家事做好,而且让阿嬷回家的时候,就有热腾腾的饭菜吃。阿嬷在外面摘菜、卖菜,如果晚点回来,他就会担心:阿嬷身体不好,不知道在外面摘野菜,会不会发生意外?

多么懂事的孩子,多令人感觉到贴心!

他还有一个大伯,这个大伯精神不大正常,常常在外面游荡,即使去打工,也只是养活自己。但是回家了,看到孩子在电灯底下在做功课,他就会骂人浪费电,不管三七二十一把灯关掉。他知道大伯的情况,抢时间把家事做完,就趁着天光赶快写功课,或是靠路灯照亮,在外面写功课;万一没写完,只好等大伯睡着了,才半夜偷偷起来开灯。每一天,老师收到他的作业都非常完整。看,这个孩子是多么懂事。

他不埋怨家庭困苦,不埋怨父母亲离他而去,善解大伯精神异常。当他获得全国孝悌楷模奖时，记者问他："你最想说的是什么？"他说："期待妈妈能早日回来，让阿嬷不要担心。"问他："你最苦恼的是什么？""阿嬷的菜卖不出去。"因为菜卖不出去，阿嬷就会烦恼。记者再问他："你想做的事情是什么？"他说："希望爸爸能回来，我能炒个菜，煮个饭让爸爸吃。"听着听着，很令人心疼，这么乖巧的孩子。

看到了这样的孩子，阿里山的少年，懂得爱惜时间，懂得知足、感恩、善解、包容，这样的孩子得到全国孝悌楷模，的确实至名归。

患有癫痫的孝子

慈济高雄分会曾接获里长通报,有一户陈姓人家需要协助,慈济志工立即前往访视。之后发现,陈先生本身患有癫痫及脑性麻痹,不定时发作,会突然间晕倒,他的爸爸中风,妈妈罹患子宫颈癌,并且长期洗肾。虽然有两个姊姊、一个弟弟,但是姊姊均已出嫁,弟弟在外工作,很少回家。

这个家庭剩下的三个人都有病,父母亲长期卧床,有时儿子癫痫突发,他们只能眼睁睁看着孩子倒下去,全身痉挛抖动,却无法移动身体去扶他一把。父母亲只能流泪,等待孩子再醒过来。

尽管如此,陈先生还是一肩挑起父母亲的起居照顾,他非常孝顺,邻居们都很佩服,也很爱护他,里长就把这个个案提报慈济。但是他很坚强,他对慈济人说,父母亲都有健保,看病不用太多钱,节省用度,生活还过得去,慈济不必给他物资的帮助。

他和慈济人接触以后,知道"能救人的人最有福",也知道要尽一份心。因此,每天去买菜都会省下零钱投入小罐子,慈济人去时,他就捐出来救人。他心存善念,也守好自己的本分,慈济人经常去探望他,久而久之,如同一家人。

他因患有脑性麻痹,个性很羞涩,不敢与外界接触,有时候头发长了,也不敢到理发厅去修剪,等到慈济人来了,才让会理发的人帮他整理。慈济人就像爸爸妈妈一样,哄着他、鼓励着他,所以他常常说,很感恩有慈济人,当他们最需要的时候,能一直陪着他们。

二〇〇一年,陈先生的妈妈往生了,二〇〇四年,爸爸也往生,就在那一年,里长向当局提报他的孝行,获得孝悌楷模的表扬。想一想,确实不做第二人想,这样的孝子实在很难得。

更重要的是，他很善良，没有一点点的贪念，不仅经济不需要人帮助，他还捐钱助人，这样善良的孝子，的确非常难得。

三岁小儿懂得孝顺

寒门出孝子,即使生活环境恶劣,五岁的孙小弟弟也懂得守护在父亲的身旁,照顾父亲。

孙小弟弟的父亲原本是一位建筑商,由于经营不善,欠下债务。在他一岁多的那年,父亲酒后骑车,回家途中连人带车冲进稻田,脊椎严重损伤,四肢活动受损。

父亲受伤后,家计更形艰难,好不容易孙小弟弟的大哥退伍回来,没想到也发生交通事故,必须赔偿对方一百多万,于是所有打工的钱都用来赔偿。孙小弟弟的二哥就学中,姊姊高中毕业后外出打工,整个家庭的支出,只靠妈妈与姊姊赚钱维持。

慈济接获信息,到孙小弟弟家中拜访,那时孙小弟弟三岁,只有他陪着爸爸在家。三岁的孩子,在爸爸的病床爬上爬下,帮爸爸递卫生纸,给爸爸喝水,还用摇杆升降爸爸的病床。爸爸心烦的时候,他会在爸爸耳朵边哼歌,最后爸爸也跟着他唱起歌来,他还会捶捶爸爸的脚,捏捏爸爸的手,如果爸爸说"我头痒",他也会帮爸爸抓痒。这个孩子实在非常懂事。

除了做这些事情之外,他还会帮爸爸换尿袋,大人也许做不到的,他通通做到了。而且小孩子天性爱玩,有的时候他也会溜出去玩,但是只在听得到爸爸喊声的范围内,爸爸一喊,他马上就跑回来。有时候爸爸生气了,他会赶快紧紧拥抱着爸爸,问爸爸:"爸爸是不是不喜欢我了呢?"父子时常就这样互相抱着哭。但是他并不埋怨,因为他爱爸爸。

慈济志工一直陪伴着他们,问孙小弟弟:"你这样帮爸爸累不累?"他会说:"很累,很辛苦。"问他:"你为什么要照顾爸爸?"他的回答:"我爱爸爸,我长大了以后要赚钱。"童言童语很惹人心疼。

这么小的孩子,在父母最需要帮助的时候,尚且懂得付出,为父母分忧解劳;有能力付出的大人,能不懂得孝顺父母?

为父亲偿还债务

有一位慈济的环保志工,在成为慈济人之前,家庭生活一团混乱。她的先生爱喝酒、爱赌博,出嫁之前就有人警告过她,她偏不相信,还是出嫁了。嫁了之后,先生仍我行我素,即使有了小孩还是一样毫无节制,每天都有人上门来要赌债,或是酒店签账的酒单。

这位环保志工要养家、带孩子,还要替先生还债,但她都很勇敢地承担下来。她认为:婚姻是自己选的,不能将责任推给别人。她教育孩子要有正确的观念,因此孩子从小到大,对爸爸的行为并不嫌恶,对妈妈更是心存敬爱,非常孝顺妈妈。

孩子毕业之后,每遇有人上门要债,他都会说:"父债子还。我会认真工作,请你们让我每个月慢慢摊还。"

全家人都以正向的心态面对,慢慢的,先生受到感动,被带入慈济,也投入环保工作,一步一步往正路走,走入了菩萨队伍。他深深起忏悔心,慢慢地改变往日的习气。这一家人,夫妻同志同心同道,每天做环保,孩子看到父亲的改变,也非常欢喜。

看,这样的妈妈不是勇者吗?为母则强,既然选择了这样的婚姻,她就勇敢面对,还把孩子教养得那样好,不让孩子埋怨父亲,所以他的孩子一点都不自卑,他还是很敬爱妈妈,不嫌弃爸爸。孩子学习妈妈的精神,一家人以包容心感化了先生、父亲,贤妻孝子,终于让家庭和乐团圆。

度化婆婆入善门

有一位住在南部的慈济委员,对婆婆非常孝顺,她的婆婆也是很好的婆婆,对她疼爱有加。身为佛教徒,媳妇一直认为自己的孝顺还不够,希望能将婆婆度进慈济来,和婆婆一起行菩萨道。

这位婆婆患有心脏病和气喘,但生病时不肯就医,她常说:"不用啦,吃药多花钱。"吃药多花钱,所以她坚持不看医师,但常常突发气喘,实在很令人担心。

在家里,婆媳一起收看"大爱电视台",久而久之受到熏习,婆婆想到花莲见我,就对媳妇说:"什么时候才能到花莲,面对面看见师父?"媳妇很有智慧,为了让婆婆到医院就诊,就说:"您若要看师父,我带您去花莲。"婆婆很欢喜:"真的能看师父喔!好,我们去。"

到了花莲,媳妇先带婆婆到慈济医院。婆婆问:"师父在哪里?"媳妇说:"我们先来看师父盖的医院,医院很完善,这里的医师很棒。您常常气喘,心脏不好,是不是先看一下医师?"婆婆说:"不用了,看医师要花钱。"媳妇来个善巧方便,就说:"自己的医师不用钱,我们来看啦!"

婆婆一到医院,见到亲切问候的医师和护理人员,很快放下了心防,乖乖听从医师的话,并安排住院开刀,解决心脏血管阻塞的问题。手术进行了好几个钟头,一切顺利。婆婆被送到加护病房,当她清醒时,两位医师站在旁边亲切的问候:"阿母,您觉得如何,人是不是感觉轻松了?"婆婆说:"是啊,你对我做了什么?"后来才对她解释:"帮您开心脏,现在没有问题了。"

很快的,婆婆从加护病房转入普通病房,她包了红包想请媳妇拿给医师。医师当然没有拿,他说:"阿母,您不要让我犯戒。"那天刚好医院为筹措急诊大楼建设经费,举行义卖活动,婆婆得知后说:"师父还要再盖医院,能救更多人,我应该把钱捐给医院。"平日节俭的婆婆,竟然向媳妇借了五万元,说要以医师的名义捐给医院。这让媳妇既惊讶又惊喜。

这位孝顺的媳妇用智慧将婆婆引入善门,不仅治好婆婆的病,也让她了解并实践了布施的快乐。

无怨无悔的现代孝女

现代有及时行孝的年轻人,也有正值青春年华的少女,原本可以尽情享受生活,做自己喜欢的事,却因为家庭的变故,守着自己的父母兄弟,更难得的是,她懂得感恩。

她的爸爸是一位退伍军人,退伍下来很勤奋,为了这个家庭努力地付出,当过清洁工、拾荒者。想想,一位清洁工人、拾荒者,能让家庭过得不错,可以知道他是多么地卖力,多么地付出,多么勤俭。她的妈妈是弱智,两个兄弟也有智能障碍,只有她聪明乖巧,本来已经找到一份很稳定也算很不错的工作,但是爸爸愈来愈老,身体一年不如一年,要照顾太太,又要照顾两个儿子,非常辛苦。最后爸爸病倒了,是一种慢性病导致骨髓炎,行动非常不方便。

她不忍心爸爸那样辛苦,现在正是需要她的时候,所以她毅然把工作辞掉,回来照顾这个家。爸爸身体很魁梧,行动不方便,她要陪爸爸去看医师,连计程车都不载他们,因为上下车非常麻烦。她只好自己开车送爸爸上医院,每一次都让她费尽力气,吃足苦头。

当慈济接到这个个案,男性志工们陪着她,帮助她扶持爸爸到医院,这位年轻的孝女,跟在后面擦着眼泪,内心的感动可想而知。她说看到这么多的好心人、慈济的志工菩萨,就像看到自家人一样,那么关怀她,那样帮忙她,她非常感恩。

在现在的社会,年轻人愿意回家,天天面对这样的家庭情况,已经非常不容易了。何况她把很好的工作辞掉,日日夜夜服侍爸爸、妈妈,还有两个智能障碍的兄弟,无怨无悔地付出,这就是现代的孝女典范。

克尽孝道，不计前嫌

纯朴的南投集集，有一位孝顺的媳妇得到"全国大孝"的表扬，每一个得到大孝表扬的人，都是付出无穷无尽的耐心与爱心，照顾自己的家庭。

这位媳妇嫁进一个传统礼教习俗的家庭，她必须照顾孩子、先生、公公、婆婆，照顾整个家庭。她任劳任怨，几年前公公中风了，她细心照顾公公，让公公在几年的病痛中，很安适地度过，直到公公往生。左右邻居都非常赞叹她。

她和先生结婚一两年后还没生育，婆婆对她很不好，一直要儿子再娶，好传宗接代。这位媳妇知道自己的本分，无法为先生传宗接代，她也很自责。她下定决心，很用心的治疗调理身体，终于连续四年，生了四个儿子。没想到生下儿子后，这位日夜盼着抱孙子的婆婆却得了老年痴呆症。

过去十几年来,婆婆为了传宗接代的事,对待媳妇如此严厉,但这位媳妇不计前嫌,孝顺婆婆一如照顾小孩一样地无微不至。这位媳妇能克尽孝道,在当今世上,已经很难找到。

立志做个好媳妇、好太太、好妈妈,也立志要照顾好家庭,这就是她的愿。她甘愿做,所以欢喜受,平常大家都觉得她很可怜,每天从早忙到晚,婆婆还不体谅她。但是,对她来说,她是很快乐的,因为这是她志愿、好乐的生活。她的人生方向是正确的,所以受到大家的赞叹,也因此得到当局颁给她"全国大孝"奖励。

幸福的一家人

我曾看过一幕好温馨的画面,那是一位老婆婆,坐在轮椅上,鼻子上虽插了鼻胃管,但是身旁有三个女儿、一个儿子以及两位慈济委员陪着她。我走到婆婆面前,拍拍她的腿,问她:"怎么样啊?"她好像视而不见。三个女儿跪在前面说:"师父,她是我们的妈妈,妈妈很爱师父,但是没机会看到师父。我上个月也陪妈妈来过。"他们上个月真的陪妈妈来过,只是上个月和这个月,人却已经老年痴呆了。

尽管过去她很想见我,可能是因缘不具足,等到现在,我们才见到面。三个女儿很孝顺,好体贴的依偎在妈妈身边。妈妈口水流出来了,就赶快帮妈妈擦擦,摸摸妈妈的脸说:"妈妈,您想看师父,现在师父在您面前,您知道吗?"就这样不断地喊着妈妈。我真的好感动,我伸手去拍拍她,我说:"是不是很想看师父,看到了吗？欢喜吗?"

我拍拍她,她真的看我一下,就笑了,那种痴痴的笑好可爱。三个女儿看到妈妈笑了,高兴地叫着:"妈妈笑了!妈妈笑了!"那真是很美很美的画面,我看了实在很感动。我对婆婆说:"女儿很乖哦！知道吗?"她稍微点了头。她的女儿又高兴地说:"妈妈点头了,妈妈听懂哦!"

俗话说:生一个孩子,妈妈要撒三年的谎。意思是说,妈妈在逗弄孩子时只要孩子牙牙出声,妈妈就会说:"他回答了,他说'好'。"这就是父母疼爱孩子,或是阿公、阿嬷疼爱孙子时,会跟着孩子说话。现在我看到的是孩子对妈妈有这种的态度,感觉很温馨。

所谓养儿防老应该就是这种情形。她对孩子照顾、爱护,现在她老了,需要孩子的照顾和爱。婆婆唯一的儿子见到我,就说:"师父,我刚才去停车,比较晚上楼。感恩师父和我妈妈说话,好感恩哦!"说完就顶礼。他太太在旁边,已经怀孕了,一旁的慈济委员说:"这位媳妇很孝顺。"我说:

"对呀！只要看妈妈身上梳理得这么干净,随时都会流口水,却不会有味道,就能证明媳妇一定很孝顺。"这位老婆婆真的好幸福,有这样和谐相处的一家人,而这群后辈真正尽到为人子、为人女、为人媳的责任。

堂上活佛若不尊敬,还要去哪里拜佛呢？我们若能日日在家孝顺父母,能够对父母问一声好,比去佛堂念一部经更有功德。你去佛堂念一部经,还不及问声:"妈妈,今天好吗？"这句问好,真的比念经更有功德!

为妈妈走上菩萨道

高雄旗山有一位老菩萨,年轻时是养鸡人家,有时候人家载来整笼子的鸡,一笼有好几百只鸡。选鸡时,要是有发育不良的,她就抓起来摔,摔不死就再抓起摔,她说在她手中不知摔死多少生命。几年前她走路跌倒,跌断了脊椎骨,现在的她必须穿铁衣才能行动,她说这就是因果报应。

后来她加入慈济,做环保资源回收,她总是现身说法,诉说过去养鸡的人生,以及现在得到的果报。她不断忏悔,并劝人和她一样做环保、做慈济,她说话非常诚恳,感动了很多人。

她有两个心愿,一个是希望先生能够进入慈济,先生受证的时候,她坐在后面感动得哭了。另一个愿望,就是希望她的儿子也进来慈济。有一次我到高雄,这位志工的儿子来看我,对我说:"师父!我很向往进慈济,其实这也是妈妈的愿望,现在我开始准备要进来了。"这个孩子真是孝顺,知道妈妈的愿望,也希望自己能完成,而且是抱着一颗欢喜心来完成妈妈的愿望。

在一旁的大爱台人员听到了,对他说:"既然是妈妈的愿望,你可以给她一个惊喜的礼物吗?"那一天,大家故意瞒着他的妈妈,让儿子换上慈诚队的制服,结好领带,拿了报名单,很突然地回到家。妈妈抬头一看,欢喜地哭了,抱着他高兴地叫着。

看到他们母子拥抱在一起,孩子完成妈妈的心愿,妈妈好满足,那个画面是真、是善,也是美啊!

知恩报恩的小姊妹

记得嘉义这对孝顺的姊妹,在与慈济初接触时年纪非常小,一个尚在就读幼稚园,一个是小学三年级的学生,家庭贫穷,母亲因跌倒导致瘫痪,两个小姊妹代替妈妈做家事。每天放学回家,扫地、洗米、洗衣,所有本来妈妈做的工作,全由两姊妹代劳。四只小手还要帮妈妈翻身、捶背、按摩,她们还会唱歌给妈妈听。

两位姊妹就读的学校,离家并不远,学校课间休息时间,她们就从后门跑回家里,帮助妈妈从床上移到轮椅,再把妈妈推出外面透透气,然后跑回学校上课。

这么小的孩子本来都是爱玩的年龄,一般孩子都是妈妈帮他们准备好,喂他吃饭,帮他换衣服,让他去上学。但是两姊妹恰恰相反,她们要做家事,要帮妈妈翻身,帮妈妈梳头发，帮妈妈按摩，在学校还要利用时间跑回家照顾妈妈，让妈妈换个姿势，生怕妈妈有褥疮。

慈济志工得知这个个案，开始去家中关怀陪伴。志工将妈妈接到大林慈济医院治疗，做复健，两姊妹为了感恩志工的付出，也利用暑假到医院当小志工，真是知恩、感恩、报恩的孩子。

孝顺是不分年龄的，同样是一念心，如果能坚守好，即使是这么幼小的孩子，都能守志。看，她不会受到其他同学玩耍的引诱，她知道自己该做的本分。而出身贫苦的她们，眼前或许生活艰难，然而她们懂得知足与感恩，未来一定是有福之人；毕竟每个人带着业力来到世间，命运却可以改造，两姊妹懂得人伦道德，等于是为未来积福。

全家人以身作则

在大林慈济医院住院的一位老先生,有个儿子每天风雨无阻来探望他。这位儿子是一位老师,慈济志工看在眼里,内心很感动,有一天志工对这位老师说:"老师,你怎么这么孝顺,现在要找到你这样孝顺的人已经很少了。"这位老师说:"这是人生的本分事,父母养育我们,现在老了,换我们要奉养他。他有病住院,我们应该要在他身边,只不过我们都有工作,无法二十四小时陪伴,只好每天来看他一下,一天最少有两次,时间没办法很长,不过我要尽心力。"

这位老师还有其他兄弟姊妹,家中的每个人也像这位老师一样。志工问:"你们一家人都是这样,不光是你而已。是什么样的教育,让你们兄弟姊妹都知道要孝顺?"他说:"父母过去就是这么教我们,现在我们要以身作则,同时也是教育下一代。况且我还是老师,更要教导别人的孩子。"

他们的父亲以身教来培养他们,他们都已成家立业,各人有事业,不过大家都有这分孝心,全家人以身作则,实在难得!尤其这位老师知道自己为人师表,更应注重自己的行为举止,如此一来,才能教育更多的孩子懂得尽孝。

只要人人守住自己的本分,家庭守住家庭的伦理,社会守住社会的人伦道德,这个世界就是一个真善美的世界。而人与人之间能互相启动这念与佛同等的善性,懂道理、守礼义,也是佛法其中的一法。

以生命换取父母慧命

有一位年轻人往生前加入大学里的慈青社，做得很投入，回家之后对待父母变得孝顺、乖巧，常常对爸爸妈妈说："师公说，为善行孝要及时。"或是"我会尽心尽力孝顺父母，但是我期待爸妈也能拨一些时间投入慈济去行善。"但是父母亲都跟他说："没有时间，我没空。你们这样做很好，但是爸妈没时间。"就这样日子一天天过去。

有一天，心痛的事情发生了，这个年轻人在一场车祸中往生。期间有很多慈青、慈济委员、慈诚队员都到他家里关怀，他的父母很受感动，妈妈想：难怪孩子常常说行孝为善不能等，也常常说慈济是一个大家庭。现在孩子遭遇不幸，她才真正体会到这个大家庭的温馨。

后来她在整理儿子房间的时候，看到儿子写下来的十愿,有孝顺父母、为善……其中有一个愿望是期待父母亲能走入慈济,在慈济的大家庭里,真正及时行善。妈妈看到了这十愿,恍然大悟,她说:"原来儿子是用他的生命来换父母的慧命!"终于,她和先生携手进入慈济。

每个人都是带着一颗种子而来,种的是什么因,今生结什么果,在人世间的缘是长是短,都是过去生中写好的生命剧本,上了人生舞台,戏若终了,只能下台一鞠躬。这位年轻人虽然今生寿命较短,让父母体尝了白发人送黑发人的痛苦,但他留给父母的,却是他对这世界的大爱,也算是另一种现代的孝子。

期待这位年轻人来生来世寿命会更长一点,快去快来,再来时会很幸福,很快就来慈济接棒。

圆满一个心愿

有一家人带着坐轮椅的妈妈来见我,女儿开了一张支票,我看了支票吓一跳:"你会不会开错了!或是我看不懂数字,这到底是多少?你自己要看清楚。"

她看了说:"没开错,是这样的数字。"他们一次捐了一千一百多万,我说:"怎么这么多呢?"她说小时候家里很穷,妈妈非常辛苦抚养他们。妈妈自己什么都舍不得买,舍不得用,有时要去亲戚家作客,只能向别人借衣服、首饰穿戴,她看在眼里、疼在心里。所以她在心里默默发愿,"等我长大一定要认真赚钱,等我有钱的时候,我要买很多很多的珠宝给妈妈。"

所以她很努力读书,毕业后有一份很好的职业,一路非常顺利,赚了很多钱。但是,等她有能力买珠宝给妈妈时,妈妈再也用不着了,因为她已老年痴呆了,不能言语、不能表达,给她珠宝也没有用。所以她把买珠宝的钱当着妈妈、姊弟的面捐给慈济,圆了小时候的心愿。

我接过这张支票,对她妈妈说:"你看,女儿很孝顺,她要给你买珠宝的钱,现在捐给师父盖医院,你高兴吗?"不可思议的是,她竟然笑了,而且笑得很灿烂,还笑出声音。一群儿女全都欢呼起来:"你看,你看,妈妈笑了,妈妈笑出声了。"儿子很欢喜,女儿也很欢喜,旁边的人也一起鼓掌。

这个孝顺的女儿,捐了这一大笔钱,就是要圆小时候的心愿,虽然现在妈妈已无法享受,但是她把钱做了更有意义的事。妈妈这一笑,笑开了儿女的心。